재벌닷컴
chaebol.com

재벌 닷컴 7

매검향 장편소설

초판 1쇄 찍은 날 § 2018년 3월 21일
초판 1쇄 펴낸 날 § 2018년 3월 28일

지은이 § 매검향
펴낸이 § 서경석

총괄팀장 § 최하나
편집책임 § 신보라
편집 § 이선근

펴낸곳 § 도서출판 청어람
등록번호 § 제387-1999-000006호
등록일자 § 1999. 5. 31
어람번호 § 제1-2870호

주소 § 경기도 부천시 부일로 483번길 40 서경B/D 3F (우) 14640
전화 § 032-656-4452 팩스 § 032-656-4453
http://www.chungeoram.com
E-mail § chungeorambook@daum.net

ISBN 979-11-04-91685-4 04810
ISBN 979-11-04-91501-7 (세트)

7

매검향 장편소설

FUSION FANTASTIC STORY

재벌닷컴

도서출판 청어람

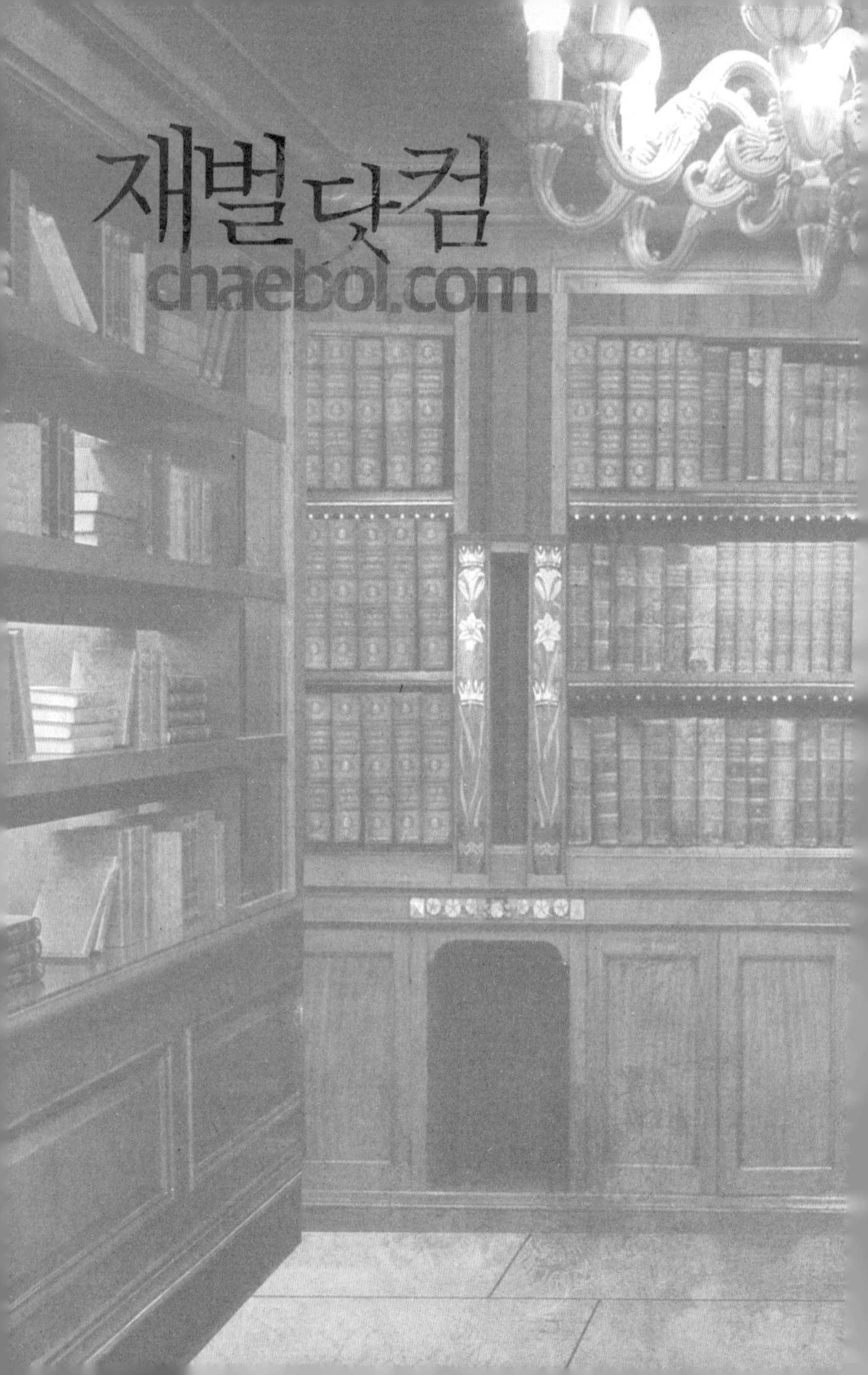

목차

CONTENTS

제1장
큰 거래 Ⅱ

이곤붕과의 합의가 끝나자 태호는 모든 일을 북경 지사장에게 일임하고 그 이튿날 오후 중국을 떠나 한국으로 돌아왔다. 집으로 돌아온 태호가 가장 먼저 한 일은 거실에서 석간 신문을 펼쳐 든 일이다.

　<삼원 측은 최근 마감된 최종 입찰서 제출에서 3천 5백억 원 안팎으로 추정되던 인수 금액을 훨씬 초과한 5천억 원 이상을 써내 가장 유력한 우선협상대상자 후보로 부상했다. 여기에 미도파 노조가 협상 진행 과정에서 줄곧 '자금력 있는 거대

유통사의 인수'를 강력히 희망한 것에 삼원 측이 미도파 기존 직원의 고용 승계를 보장하는 것으로 화답하면서 현재는 최종 인수의 초읽기에 들어간 듯한 분위기다.

더욱이 인수 의향서를 제출한 20여 개의 사 중 단 6개 사만이 최종 입찰서를 제출한 데다, 그나마 가장 유력한 경쟁사로 떠올랐던 롯데와 신세계는 각각 목동점 오픈과 본점의 리뉴얼 공사로 여유 자금이 부족해 삼원 측과는 상당한 격차의 금액을 제시한 것으로 밝혀졌다. 따라서 이번 달 말까지는 삼원 측이 우선협상대상자로, 두 번째로 높은 금액을 써낸 롯데 측이 우선협상 후보 업체로 선정돼 본격적인 인수 협상을 진행할 전망이다.>

오늘 있었던 가장 따끈따끈한 뉴스로 미도파 인수전의 결과를 재확인한 태호는 곧 효주를 불러와 그녀가 신문의 기사 내용을 읽게 했다. 두 번에 걸쳐 꼼꼼하게 기사를 다 읽은 그녀가 조용히 신문을 내려놓는 것 같더니 갑자기 태호의 품으로 달려들었다.

그리고 태호의 얼굴을 온통 침으로 도배해 놓으며 속삭였다.

"여보, 고마워요. 우리나라 3대 백화점이라는 전통 있는 백화점을 사주셔서."

태호가 얼굴의 침을 닦아내며 말했다.

"아직 완전히 결정 난 건 아니야."

"사주실 거잖아요?"

"당연히 사줘야지."

"여보!"

다시 달려드는 효주를 떼어놓으며 태호가 말했다.

"아이들, 학교에서 돌아올 시간 됐잖아?"

"아, 벌써 시간이 그렇게 됐나?"

말을 하며 일어서는 효주를 다시 붙잡아 무릎 위에 앉힌 태호가 그녀에게 물었다.

"우리 방으로 들어갈까?"

"싫어요."

"왜?"

"며칠 당신에게 시달렸더니 몸살 날 지경이에요."

"그래? 당신 체력이 약한 게 아니고?"

"뭔 소리를 그렇게 해요? 체력 하면 나도 어디 가서 빠지지 않는다고요. 그러니 당신이 너무 강한 거예요."

"사람 할 말 없게 만드는군."

"아무튼 당신, 고맙고요, 회사 출근 안 하실 거면 오늘은 모처럼 아이들과 대화 좀 해요."

"알았소, 알았어!"

대답은 그렇게 했지만 태호는 곧 안방으로 사라졌다. 그러나 태호가 방에 머문 시간은 그렇게 길지 못했다. 평소 거의 없는 일이 대문에서 지금 벌어지고 있었던 것이다.

고성과 욕설은 물론 자신을 부르는 소리가 방까지 크게 들려와 태호가 막 방에서 나가는데 문을 열고 효주가 들어서더니 파랗게 질린 안색으로 말했다.

"당신, 얼른 나가봐요."

"무슨 일인데 밖이 이렇게 시끄러워!"

투덜거리며 태호는 슬리퍼를 신은 채 현관문을 열고 밖으로 나갔다. 태호가 문을 열고 나오니 있을 수 없는 일이 벌어지고 있었다. 대문을 지키는 늙은 경비원은 물론 경호원까지 한 무리가 등장하여 한 사람을 제지하고 있었다.

그런데 문제는 제지를 당하고 있는 그 한 사람이 결사적으로 집 안으로 들어오려 하는 것이다. 그러다 보니 양복 윗저고리가 사라진 것은 물론 와이셔츠도 곳곳이 찢어지고 심지어 피마저 묻어 있었다. 그런데 그 사람이 전혀 낯선 사람이 아니라는 데 문제가 있었다.

평소 공식 석상에서 몇 번 본 일이 있는 동아그룹의 최원석 회장이었던 것이다. 이를 인지한 태호가 버럭 소리를 질렀다.

"그만!"

태호의 고함에 경호원 모두가 행동을 멈추고 뒤로 물러서고, 최 회장도 그제야 정신을 차렸는지 태호를 바라보았다. 그러나 태호는 최 회장은 외면한 채 경호원들을 힐난하기 바빴다.

"이 무슨 짓들인가? 이런 일이 있으면 내게 의사를 물어야지 멋대로 대그룹의 총수를 이렇게 대하다니, 앞으로는 이런 일이 없도록 조심들 하오!"

"네, 회장님!"

경호원들이 일시에 고개를 꺾거나 말거나 태호는 전혀 그쪽은 바라보지도 않고 아직 경황이 없는 최 회장에게 접근해 말했다.

"제 불찰입니다, 회장님. 안으로 드시죠."

"허허, 사업이 망하니 이제 개조차 덤벼들어 사람을 무는군."

뼈 있는 한마디를 한 그가 태호를 똑바로 보며 물었다.

"정말 들어가도 되는 것이오?"

"네, 회장님."

태호는 최 회장의 눈을 보고 사람의 눈이 이렇게 무서울 수도 있다는 것을 새삼 느꼈다. 레이저를 쏘는 듯한 날카로운 눈빛과 이글이글 타는 살의마저 담긴 눈빛을 보고 섬뜩함을 느낀 것이다.

전생에서 사업 실패로 두 번에 걸친 자살 시도도 뜻을 이루지 못하고 막살았을 때의 자신의 눈빛과도 너무나 닮은 그 눈빛에서 태호는 섬뜩한 가운데서도 측은지심을 느낄 수 있었다. 그래서 태호는 보다 공손한 자세로 그에게 물었다.

"어디 다치신 데는 없으십니까?"

이미 오십 대 후반으로 자신보다 열여섯 살이나 위인 그이다 보니 태호의 행동이 크게 지나쳐 보이지는 않았다.

"이런 피륙의 상처야 얼마든지 견딜 수 있고 아무것도 아니오. 지금 내 가슴속은 천불이 솟아올라 도저히 견딜 수 없는 지경이오. 그러니 김 회장께서는 내 말만이라도 제발 한번 들어주시오. 도움은 절대 안 줘도 되오. 단지 내 하소연이나 한번 들어봐 달란 말이오."

"알겠습니다. 일단 안으로 들어가시죠."

"고맙소."

태호는 그를 데리고 들어가 곧장 서재로 향했다. 곧 서재 한편에 마련된 소파에 그를 앉힌 태호는 넌지시 그를 바라보다 자신이 먼저 말을 꺼냈다.

"솔직히 요즈음은 저도 힘듭니다. 도움을 바라고 전화하는 사람도 많고, 때로는 집까지 찾아오는 분들도 계십니다. 그러다 보니 본의 아니게 회장님께도 못 할 짓을 한 것 같습니다. 용서하십시오."

태호가 정중히 고개까지 숙이자 최 회장이 의외라는 표정으로 말했다.

"재계에 도는 풍문으로는 아주 냉혈한이라더니 접해보니 꼭 그런 것만도 아닌 것 같소. 이래서 소문은 믿을 게 못 된다는 말이 있는가 보오."

그의 말에 태호가 말없이 빙긋 웃자 그가 깊은 한숨을 내쉬더니 말했다.

"휴! 내 근래 절실히 느낀 것이오만, 특히 사업가는 적을 만들지 말아야 합니다. 평소 내가 좀 더 이 정권과 친밀하게 지냈다면 지금과 같은 처지에 내몰리지는 않았을 것이라 생각하기 때문에 하는 말이오."

"좀 더 구체적으로 말씀해 주시죠."

"휴!"

최 회장이 다시 깊은 한숨과 함께 다시 이야기를 꺼내려는데, 노크 소리와 함께 문이 열리더니 효주가 쟁반에 차를 들고 들어왔다.

그리고 최 회장에게 가볍게 목례를 하더니 공손하게 말했다.

"회장님의 기호를 몰라 꿀물 한 잔 타왔는데, 싫으시다면 다른 차로 내오겠습니다, 회장님."

"아, 아니오. 그냥 주시고, 수고하시는 김에 대접으로 물 한 그릇만 부탁드리겠소이다."

"알겠습니다, 회장님."

대답과 함께 효주는 커피와 꿀물 한 컵이 담긴 쟁반을 티 테이블에 놓고 나갔다.

"드시죠, 회장님."

"고맙소."

곧 두 사람이 커피와 꿀물을 마시는 동안, 효주가 생수 두 병을 들고 들어와 탁자 위에 놓고 나가며 말했다.

"그럼 말씀 나누세요."

"고맙소."

말이 끝나자마자 최 회장은 생수 한 병을 통째로 다 들이 켜고 그제야 시원하다는 표정으로 태호를 바라보며 이야기를 시작했다.

"어디서 어떻게 내 이야기를 풀어나가야 될지 모르겠지만, 우선 내 몇 마디로 우리 그룹이 처한 현실을 전하겠소. 97년 회계 기준 우리 동아건설의 자산은 약 6조 2천억 원으로 부 채보다 1조 3천억 원이 더 많소. 게다가 공사 계약 잔여 물량 도 리비아 대수로 공사를 포함하여 12조 원어치나 가지고 있 소. 또 우리 그룹이 타 그룹과 결정적으로 다른 자산이 있는 데, 그게 바로 김포 매립지 370만 평을 가지고 있다는 점이오. 이게 우리 재무제표 상으로는 1천억 원으로 잡혀 있지만, 공시 지가만으로도 1조 원에 달하고, 실거래 가는 요즘 같은 건설

불경기에도 3조 원을 호가한다고 하오. 그런데 이것이 현재 농지로 묶여 있는 데도 그렇소. 만약 이것을 내 청대로 용도 변경을 해준다면 장부가격의 200배인 20조 원에 이른다고 주변에서는 말하오. 그래서 나는 IMF가 터지자마자 이 땅을 용도 변경 해달라고 정부에 수차례에 걸쳐 건의했소. 그런데, 허허, 주무장관인 농림부장관의 답이 뭔 줄 아오?"

"글쎄요?"

"절대 농업용지 외에 다른 용지로 전용해 줄 수 없다는 것이오. 그런데 더욱 기가 막힌 일은… 이 매립지가 애초 조성 당시는 1,126만 6천 평에 달했단 말이오. 그걸 88년에 55%에 해당하는 627만 7천 평을 수도권 매립지로 달라는 말에 환경청에 그 권리를 넘겼소. 뿐만 아니오. 한국전력도 복합화력발전소 용지인가 뭔가로 5만 5천 평을 매입해 용도 변경 했소. 여기에 그친 것만이 아니오. 정부 역시 내 땅을 매입해 김포 하수처리장으로 용도 변경 해 사용했소. 그러고 남은 것이 현재의 370만 평으로, 제 놈들은 툭하면 용도 변경 해 사용하면서 나는 왜 안 되느냐 말이오? 정말 상식이 있는 정부고 말이 통하는 놈들이 할 짓이오?"

"제가 생각해도 정말 말이 안 되는 이야기군요."

"허허, 여기 그래도 내 심정을 이해해 주는 사람이 있으니 고맙소."

여기서 말을 많이 한 관계로 갈증이 나는지 최 회장은 다시 생수병을 따서 반쯤을 마시고는 그 억울함을 다시 풀어놓기 시작했다.

"애초에 그 매립지를 조성할 때부터 내가 원해서 한 것도 아니오. 시작할 당시부터 채산성이 극히 의심스러워 나는 하지 않으려 했소. 그러나 박정희 대통령이 반강제로 밀어붙이니 어쩔 수 없이 한 일이 결국은 이 지경까지 되고 만 것이오. 우리 그룹의 대한통운만 해도 그렇소. 작년 매출이 1조 1천 5백억 원으로 평평 남는 흑자 경영이오. 단지 문제가 있다면 95년부터 지금까지 약 3년 동안 재개발 및 재건축 사업에 1조 4천억 원이라는 돈을 과하게 투자한 것이 일시적으로 유동성 위기를 불러와 요즈음 우리 그룹 전체가 채권단으로 경영이 넘어가 버렸소. 나는 집에서도 채권단에 의해 내쫓긴 채 검찰에 불려 다니며 조사를 받고 있질 않겠소. 죄명도 외화를 빼돌렸다나 뭐라나. 내 참, 어이가 없어서…… 그렇게 따지면 사업하는 놈치고 안 걸릴 놈이 어디 있소? 이러니 내가 도대체 어찌하면 좋겠소?"

"흐흠!"

침음하며 한참을 생각에 잠겨 있던 태호가 결국 입을 떼었다.

"회장님의 경우 제 생각에는 이 정권과 상성이 잘 맞지 않는 것 같습니다. 그렇지 않습니까?"

"평소에도 내가 이 정권을 경원시해 왔거든. 아마 그 보복일 게야."

"제가 볼 때는 소위 '괘씸죄'이기 때문에 당장 풀릴 일이 아닙니다. 따라서 제게 1년의 기회만 주신다면 어떻게든 꼭 해결해 보겠습니다, 회장님."

갑자기 최 회장이 태호의 손을 잡더니 반색하며 물었다.

"정말이오?"

"그렇습니다."

"휴……!"

그러나 태호의 확신에 찬 대답에도 불구하고 최 회장은 한숨부터 내쉬더니 말했다.

"나는 김 회장이 좋게 해결을 못해주어도 고맙소. 단지 오늘 내 말을 경청해 주고 나를 위해 힘써준다는 그 말 한마디만으로도 평생 갚지 못할 은혜를 입었다 생각하고 있소. 그러니 너무 내 일에 관여해 김 회장만이라도 미운털 박히는 일이 없도록 하시오."

"제 입에서 뱉은 말은 꼭 지키는 사람이니 한번 믿고 기다려 봐주십시오."

"고맙소. 더 여러 말 해 쉬는 김 회장 방해하는 것도 할 도리가 아닌 것 같으니 이만 물러가겠소."

"식사라도 함께하고 가시지……."

"아니오."

강하게 부정한 최 회장이 먼저 자리에서 일어났다.

그를 따라 일어나 배웅하고 돌아온 태호는 정치인에게는 특히 '꺼진 불도 다시 보자'라는 표어가 잘 어울린다 생각하며 오랫동안 서재에서 생각에 잠겨 있었다.

*　　　　*　　　　*

다음 날.

태호는 아침부터 정 비서실장을 불러 청와대 비서실장실에 전화를 넣도록 했다. 통화 내용의 요지는 대통령과의 독대를 요청한다는 것이었다. 그 결과 오전 10시까지 청와대로 들어오라는 전갈을 받아냈다.

이에 일찍 준비해 태호는 9시 50분에 청와대 경내로 들어설 수 있었다. 그곳에서 다시 한번 보안 검사를 마치고 비표까지 패용하고 잠시 비서실장 방에서 기다렸다.

그리고 10시 20분이 되자 정 비서실장을 포함해 세 사람은 대통령 비서실장의 방을 나와 대통령 집무실이 있는 본관 2층으로 향했다. 곧 김중권 비서실장이 먼저 집무실로 들어가 내락을 받고서야 두 사람은 대통령 집무실로 들어설 수 있었다.

"어서 오시오, 김 회장!"

"편안하셨습니까, 각하?"

"나야 늘 그렇지요. 그래도 다행인 것은 국민들이 금 모으기 운동에 동참해 세계를 놀라게 하고, 김 회장의 도움으로 달러 유입이 생각보다 훨씬 순조로워 당초 예상보다 IMF 차입금을 조기에 상환할 수 있을 것 같소."

"이 모든 것이 불철주야 나라를 위해 애쓰신 각하의 정성과 지도력 때문이 아닌가 합니다, 각하."

"허허, 김 회장."

"네?"

"뭔 부탁이 있는 것이오? 왜 안 하던 짓을 하고 그러오? 김 회장으로부터 그런 공치사 들어보기는 내가 만난 이후 처음인 것 같소."

"그렇게 금방 표시가 납니까?"

"허허허! 그렇소. 자, 일단 자리에 앉아 이야기합시다."

"네, 각하."

김 대통령의 제안에 네 사람은 모두 소파에 자리를 잡고 앉았다. 그러자 미리 준비했는지 태호와 정 비시실장 앞으로 두 잔의 믹스 커피가 나오고 두 사람 앞에는 녹차 잔이 놓였다.

"드세요."

"감사합니다, 각하."

곧 태호가 가볍게 커피 한 잔을 비우고 나자 가볍게 입만 대었다 뗀 김 대통령이 말했다.

"하고 싶은 이야기 있으면 기탄없이 하시오."

"저……."

명석은 깔아주었으나 막상 동아그룹에 대한 이야기를 하려니 적이 망설여진 태호가 운을 떼지 못하자 김 대통령이 말했다.

"김 회장답지 않게 뭔 이야기인데 그렇게 뜸을 들이오?"

"동아그룹의 김포 매립지를 저희가 매입하고 싶습니다."

"뭣이라고? 지금 돈 있다고 내 앞에서도 쩐 자랑하는 것이오?"

동아그룹 이야기가 나오자 급 흥분하며 180도로 달라지는 김 대통령을 보고 당황한 태호가 손까지 내저으며 급히 부정했다.

"절대 그게 아닙니다, 각하!"

"아니면, 그럼 뭐요? 그 사람이 당신을 찾아가 용도 변경이라도 해달라고 청합디까?"

"절대 그게 아니고요, 단지 저는 순수하게 그 땅 자체만을 매입하겠다는 것입니다."

"허허, 거참! 김 회장!"

"네."

"내가, 아니, 주무장관이 그 땅을 왜 용도 변경 해주지 않는 줄 아오?"

"모르겠습니다."

"우리로서는 달러 한 푼이 새로운데… 용도 변경을 하던 안 하던 국내 기업끼리 사고팔아 봐야 나라에 뭔 도움이 되겠소? 아니래도 할 일이 많은 나에게 일개 기업이 죽고 사는 문제는 딴 세상 이야기요."

"만약 그 땅 대금을 달러로 입금시키면 매입이 가능한 것입니까?"

"흐흠……."

자신의 말 한마디에 말꼬리가 잡힌 형국이라 잠시 침음하며 생각에 잠기는 대통령이었으나, 이제 와서 새삼 부정하기에는 체통이 서질 않아 퉁명스럽게 대답했다.

"그렇소!"

"감사합니다, 각하! 저희 그룹에서 그 땅을 달러를 주고 매입하겠습니다."

"용도 변경을 해줄까 봐?"

"네?"

"아, 아니오."

"제가 도울 일이 있으면 앞으로 전적으로 나서서 돕겠습니다, 각하!"

"그럼 김 회장이 내게 한 수 빚진 거요?"

"그렇습니다, 각하."

"좋소, 달러로 입금하면 매매를 허용하겠소. 단, 가서 최씨에게 전하시오. 사람이 그렇게 살면 안 된다고."

"네, 각하. 각하의 말씀, 그대로 전하겠습니다."

"좋아요. 우리 사이가 이런 일로 틈이 벌어져선 안 되지. 지금껏 내 김 회장에게 많은 신세를 져왔고, 항상 고맙게 생각하고 있소. 그런데 오늘 일로 다소나마 빚을 갚은 것 같아 마음 한편으로는 흐뭇한 면도 있소."

"감사합니다, 각하."

"입에 발린 인사 그만하고 우리 모처럼 홍어회에 한 점 할까?"

"아, 아닙니다, 각하. 아침 먹은 지 얼마 안 돼서……."

"하하하! 홍어 소리만 나오면 질색하는 당신 얼굴이 보고 싶어 한 농담이고. 자, 우리 이쯤에서 헤어집시다."

"감사합니다, 각하."

태호와 정 비서실장이 꾸벅 인사를 하고 일어서는데 김 대통령이 말했다.

"내게 빚 하나 진 것 잊지 마시오."

"아무렴요. 절대 잊지 않겠습니다."

"하하하! 멀리 안 나가오."

"네."

다시 한번 꾸벅 인사를 한 태호는 빠른 걸음으로 대통령 집무실을 벗어나자마자 안도의 긴 한숨을 뱉어냈다.

돌아가는 차 내에서 태호는 정 비서실장에게 동아그룹 최회장의 거소를 파악해 저녁 무렵 자신의 집으로 오라는 말을 전하도록 했다.

*　　　*　　　*

저녁 7시.

11월 중순의 저녁 7시는 완전히 해가 떨어져 주위가 어둠으로 물들어 있었다. 그 시각, 두 사람은 태호의 서재에서 서로를 바라보고 있었다. 먼저 말을 꺼낸 사람은 태호였다.

"동아그룹의 총 부채가 얼마나 됩니까?"

"음, 95년 12월 말까지 2조 원이었는데 그 이후 재건축이다 뭐다 해서 진 빚이 1조 4천억 원 해서 총 3조 4천억 원으로 알고 있소."

"흐흠!"

잠시 생각하던 태호가 굳은 얼굴로 물었다.

"회장님, 김포 매립지를 현 시세에 저희 그룹에 팔 의향이 있으십니까?"

"정말이오?"

"저와 회장님과의 연배 차이가 얼마인데……."

"아, 무슨 이야기인지 알아들었소. 딴에는 너무 반가워서 무의식중에 뱉은 말이오, 김 회장."

"네?"

"내 다시 한번 묻겠소. 정말 그런 의사가 있는 것이오?"

"그렇습니다, 회장님. 4조 원 드리겠습니다."

"뭐라고? 어제 내가 현 시세가 3조 원 대라는 말 못 들었소?"

"4조 원이면 운전 자금까지 충분하지요?"

"허허, 세상에 이런 일이……!"

더 이상 말을 잇지 못하고 천장을 바라보며 눈만 껌벅껌벅하던 최 회장이 갑자기 소파를 밀치더니 바닥으로 내려앉아 그래도 장소가 비좁은 관계로 엉거주춤 태호에게 절을 했다. 깜짝 놀란 태호가 비명을 질렀다.

"회장님!"

태호의 부름에도 불구하고 온전히 절을 마친 최 회장이 눈물 글썽글썽한 얼굴로 새삼스럽게 태호를 불렀다.

"김 회장!"

"네, 회장님."

"차라리 그 돈으로 펑펑 흑자가 나는 동아건설과 대한통운을 매입하시오."

"뭔 말을 그렇게 하십니까? 제가 회장님에게서 그 땅을 사는 이유는 첫째, 용도 변경을 하지 않더라도 건설 경기가 좋아지면 최소 5조 원을 받을 것이라 예상한 것이고요, 만약 운이 좋아 용도 변경까지 가능하다면 물경 30조 원도 받아낼 자신이 있습니다. 둘째로는 만약 동아그룹이 정상화된다면 추후 리비아에서 100억 달러 이상의 수주가 가능하고요, 또 여타 중동 등 해외 시장에서도 100억 달러 이상의 수주가 가능하리라 판단했기 때문입니다. 따라서 제 딴에는 국익 차원에서 매입하는 것인데, 제가 동아건설을 인수한다고 해서 리비아 등에서 그런 수주가 가능할까요? 절대 아닐 것입니다."

"허허, 세상에 이런 사람도 있구먼."

탄식처럼 내뱉으며 잠시 또 천장을 올려다보며 껌뻑거리던 최 회장이 약간 코가 막힌 음성으로 말했다.

"금번 사태를 겪으면서 나는 정말… 정치는 물론 사업에도 아주 환멸을 느꼈소. 그래서 내가 그런 제안을 한 것이고……"

"더 이상 아무 말씀 마십시오. 절대 있을 수 없는 일입니다."

태호의 말 도중에 손을 흔든 최 회장이 말했다.

"내 얘기를 마저 들어보시오. 그래서 내 꿈은 김포 매립지

등에 할 수 있다면 세계 최고의 예술대학을 세워 경영해 보는 것이고, 더 할 수 있다면 방송국 운영도 한번 해보고 싶소. 이제 그 외에는 아무런 미련이 없소. 비록 건설회사를 내게 물려주신 선친께는 미안한 일이지만, 그보다는 내가 100배 이상 키워놨으니 다시 생각해 보면 김포 매립지만 가지고도 크게 미안한 일도 아닐 것이오. 어떻소, 내 이야기가?"

"그렇게 되면 누가 있어 잔여 리비아 공사 등을 수주합니까?"

"그 일만은 내가 두 팔 걷어붙이고 적극적으로 돕겠소."

"허허, 이것 참……."

"생각해 보시오, 김 회장. 김포 매립지가 용도 변경되고 건설 경기가 살아나면 30조 원은 받아낼 수 있다 했으니 내게 더 이익을 주는 것 아니오?"

"지금 누가 이익 보고 덜 이익 보고를 따지는 것이 아니잖습니까?"

"내 말이 그 말이오. 그러니 김 회장이 두 흑자가 나는 기업을 사주시고, 그 대신 나를 더 돕고 싶다면 김포 매립지를 용도 변경 해주시오."

"그렇게 되면 또 대통령과의 약속이 달라지는 것 아닙니까?"

"그건 밉보이지 않은 김 회장이 해결하시고."

"그럼 이렇게 하죠. 일단은 우리가 4조 원을 주고 김포 매립지를 매입하는 것으로 하고, 그 돈으로 회장님은 모든 부채를 정산해 기업을 정상화시키는 것입니다. 그리고 나서 동아건설과 대한통운을 현 시세로 우리에게 매각하고, 회장님은 또 그 대금으로 우리가 산 땅을 매각가로 다시 인수하는 것입니다. 이렇게 하면 외부적으로도 말썽의 소지가 전혀 없지 않겠습니까?"

　"옳은 말이오. 하루라도 빨리 그렇게 하도록 합시다."

　"대통령과의 약속이 있으니 인수 대금은 달러로 입금시켜 드리겠습니다."

　"그렇게 하도록 하시오."

　이렇게 양인 간에 큰 틀의 합의가 이루어지자 그다음부터는 실무선에서 빠른 속도로 일 처리를 진행해 나갔다.

제2장

댕댕이덩굴 I

97년 회계연도의 동아건설 자산은 6조 2,194억 원으로 부채보다 1조 3천억여 원이 더 많았고, 공사 계약 잔여 물량도 12조 원대에 달하고 있었다. 또 대한통운은 자산 가치가 동아건설의 절반에 가까웠다.

따라서 이 모든 것을 고려해 양측의 인수 매도 가는 각각 동아건설이 2조 원, 대한통운이 1조 원으로 확정했다. 또 김포 매립지 370만 평을 4조 원에 매각한 대금 중 차액 1조 원에 대해서는 동아 측이 땅으로 되돌려 주니 그 면적이 92만 5천 평으로 그 면적만큼 등기 분할 했다.

이렇게 됨으로써 동아 측도 1조 원의 현금을 확보해 하고 싶은 일을 하게 되었고, 삼원그룹 측은 알토란 같은 동아건설과 대한통운을 인수함은 물론 김포 매립지 92만 5천 평을 소유해 훗날에 대비케 되었다.

이 거래에서 당장은 동아그룹 측이 손해를 본 것이 확실했다. 훗날 원역사에서 대한통운이 4조 1천억 원 선에서 금호나 CJ 측에 거래된 것만 보아도 명백하게 알 수 있다.

그러나 꼭 그렇게만 볼 수 없는 것이 어떻게 되었든 최 회장도 여타 기업을 가지고 동아그룹이라는 타이틀은 유지할 수 있어 경영을 잘못한 기업인으로 비난받지 않아도 되었고, 더 중요한 것은 훗날 이 김포 매립지가 용도 변경 되어 평당 800만 원을 호가하게 된 사실이다.

그렇게 되니 370만 평 전체 금액이 물경 30조 원으로, 그 3/4이 동아 측 자산으로 그 가격만 22조 5천억 원에 달해 최 회장 자신이 하고픈 일을 모두 이룰 수 있었다.

물론 일부 땅을 매각해 충당하긴 했지만 말이다. 그러니까 결론은 이번 거래에서 둘 다 승자가 되었다고 할 수 있다.

*　　　　*　　　　*

동아그룹과의 거래가 모두 마무리되는 시점에 우선협상자

로 선정된 미도파백화점 인수 건도 마무리가 되었다.

미도파 측이 해결해야 할 정리담보권 및 정리채권 금액이 약 5,000억 원 수준이어서 이를 100% 변제하는 데 5천억 원을 사용케 하고, 추가로 500억 원을 더 얹어주는 선에서 협상이 타결되었다.

따라서 삼원 측은 총 5,500억 원에 미도파백화점을 인수하게 되었다. 이에 제일 기뻐한 사람은 당연히 효주였다. 주지하다시피 오래전부터 우리나라 3대 백화점으로 꼽혀온 미도파를 손에 넣고 싶어 했기 때문이다.

미도파는 일제강점기 때부터 존재한 백화점답게 80년대까지만 해도 명동의 랜드마크였다. 따라서 연인끼리 그냥 '명동에서 만나요' 하면 으레 미도파백화점임을 상대도 알아들을 정도로 유명한 곳이었기 때문에 그만한 가치가 있었다.

아무튼 그날 저녁.

모처럼 식탁에 아이 둘까지 모두 둘러앉아 식사를 하게 되었다. 이제 큰딸 수연은 11살로 초등학교 4학년이고 7살 된 아들은 올해 초등학교에 입학해 다니고 있었다.

그런데 식사를 하던 효주가 느닷없이 태호를 보고 말했다.

"이번 주말에는 시골에 내려가요."

갑자기 시골 고향집을 가자는 효주의 말에 태호가 물었다.

"무슨 일이 있소?"

"그게 아니라 할머니며 아버지, 어머님 뵌 지 오래되었으니 한번 뵈러 가자는 거죠."

"별일이 다 있네."

"그렇게 말하면 나는 전혀 시부모님 찾지 않는 며느리 같잖아요?"

"아, 알았소. 그런데 정말 다른 일 없는 거지?"

"있긴 있죠."

"뭔데?"

"감사의 표시."

"엉?"

"당신과 같은 잘난 아들, 아니, 남편을 낳아주신 부모님께 어찌 감사드리지 않을 수 있겠어요."

"이번에 백화점 사주었다고 그러는 건가?"

"그럼요. 호텔과 백화점 사업을 하면서 오랫동안 내가 꿈꿔오던 일이 이루어져 너무 기쁘거든요. 그러니까 그렇게 되도록 경영을 잘해주신 잘난 우리 서방님을 낳아주신 부모님께 감사 인사를 드리러 가자는데, 싫으세요?"

"나야 백번 환영이지."

여기서 효주가 아들과 딸에게 시선을 주더니 말했다.

"너희 둘도 함께 내려가야 돼."

"아이, 좋아라! 학원에 안 가도 되겠네?"

토요일에도 학원을 가야 하는 수연의 좋아하는 모습에 태호는 내심 혀를 차지 않을 수 없었다.

　그런데 딸과 달리 아들 녀석 영창이 시무룩한 표정을 짓더니 말했다.

　"엄마, 저는 가기 싫어요."

　"왜?"

　"구린 시골 냄새도 싫고, 까칠한 수염으로 막 부비는 할아버지도 싫어요."

　"뭐라고?"

　아들의 말에 태호가 갑자기 숟가락을 놓으며 눈을 부릅떴다.

　"할아버지가 네 녀석이 귀여워 그런 것인데, 그게 싫어 안 간다고?"

　"여보, 아이니까 솔직히 느낀 대로 말하는 거잖아요."

　"아무리 그래도 그렇지, 천하에 고얀 놈 같으니라고! 제 할아버지가 싫다니!"

　아비의 말에도 자신이 뭘 잘못했는지 모르겠다는 듯 눈을 멀뚱멀뚱 뜨고 바라보는 아들 녀석이 더욱 밉살스러워 태호는 버럭 소리를 질렀다.

　"일어서!"

　"여보, 또 왜 그러세요?"

"저기 나가 손들고 있어. 그리고 무엇을 잘못했는지 생각하며 반성하란 말이야."

"여보!"

"빨리 안 해!"

그제야 시무룩한 얼굴로 식탁을 벗어나 마지못해 엉거주춤 두 팔을 올리고 서 있는 아들을 보고 태호는 또 한 번 고함을 질렀다.

"손 더 올려!"

태호의 고함에 아들의 손이 천천히 더 올라가는 것을 보며 한소리와 함께 그가 식탁을 벗어났다.

"에이!"

"여보!"

멀어지는 남편을 보며 효주가 중얼거렸다.

"둘만 내려가면 손자, 손녀 안 데리고 온다는 시부모님 성화에 아이들 데리고 내려가려다 괜히 식사 자리만 엉망이 됐네."

*   *   *

그로부터 이틀 뒤인 토요일 오후.

증평에서 고향집으로 가는 포장도로 위를 차량 다섯 대가

질주하고 있다.

전 같았으면 비포장도로로 먼지가 뽀얗게 일었겠지만, 지금은 고향 출신 국회의원이 예산결산위원장을 지내며 많은 예산을 끌어왔는지 웬만한 면 소재지의 도로도 모두 포장되어 있었다.

고향집으로 가는 내내 가을 하늘 공활하고 산하는 절정의 단풍으로 성장(盛裝)하고 있었다. 이미 베어서 맨살을 드러낸 논도 있었지만, 들판은 온갖 풍성한 농작물로 넘쳐나고 있었다. 채 베지 못한 누렇게 익은 벼이삭과 채 떨지 못한 참깨가 서로 머리를 맞대고 서 있었다.

그리고 어느 곳은 채 제거하지 못한 머리 잘린 수숫대가 늦가을 바람에 일렁이고, 그런 놈을 통통하게 살이 오르기 시작한 김장배추가 속살을 보여주기 싫은지 꼭꼭 여민 채 바라보고 있었다.

이렇게 스쳐 가는 들녘 풍경을 한가로운 표정으로 바라보던 태호가 옆에 앉은 효주에게 말했다.

"모처럼 바쁜 일상에서 벗어나 시골 풍경을 바라보니 마음마저 정화되는 느낌이오."

"저도 그래요. 기분이 매우 좋네요."

"자주 옵시다."

"우리 별장 하나 지을까요?"

아무래도 시부모는 그녀에게 어려운 사람들이다. 그러니 가족들만 오롯이 쉴 수 있는 곳을 원하는 모양이다. 그녀의 마음을 짐작한 태호가 물었다.

"어느 곳에?"

"찾아보면 많지 않겠어요? 경치 좋고 물 맑은 곳으로."

"승용차로 두 시간 이내의 거리로?"

"네."

"그럼 고향집이 딱이네."

"이이는……."

말과 함께 살짝 꼬집는 효주 때문에 옛날 같았으면 장난으로도 소리를 지르며 엄살을 피웠을 것이다. 그러나 함께 앉아가는 딸과 아들 녀석 때문에 입만 쩍 벌리고 있자 그 모습이 우스운지 효주가 깔깔거렸다.

그렇게 웃고 떠들다 보니 어느새 차는 고향 동네 넓은 공터에 멈추어 서 있었다. 효주가 아이들을 챙기느라 늦는 동안 먼저 내린 태호가 천천히 고향집으로 향하는데 그보다 빠른 사람이 있었다.

아이들 하나 데려오지 않은 여동생 경순이었다. 남편도 나 몰라라 하고 자신이 성장한 고향집을 보자 달리듯 집 안으로 들어선 그녀의 목소리가 먼 곳까지 들려왔다.

"저희 왔어요, 엄마!"

이때 한마디 더 붙이면 얼마나 좋을까? 엄마 다음으로 '아빠'나 '아버지'라는 단어. 그러나 대저 아버지는 예로부터 친근한 단어가 아닌지 빠지기 일쑤라 남자 입장에서는 매우 서운하다.

'아이고, 너희들이 웬일이냐?'라는 말을 경순은 듣고 싶었으나, 애석하게도 경순의 부름에 문을 연 분은 할머니 혼자였다. 일어서느라 '아이고!' 소리를 연발한 할머니가 함박웃음을 지으며 '어서 오너라!'라는 한마디에 그래도 경순은 위로를 받을 수 있었다.

"엄마, 아빠는요?"

어느새 마당 안으로 들어서서 그녀의 이야기를 듣고 있는 태호의 입가에 절로 미소가 맺혔다. 환경이 사람을 지배한다던가. 요즈음 경순은 수더분하던 옛날의 시골 아가씨가 아니었다.

20년 가까운 서울 생활에 어느덧 그녀도 서울깍쟁이가 다 되어 있어 '아버지', 더 정확히 그녀의 발음으로는 '아부지'가 '아빠'로 바뀌어 있었다. 아무튼 할머니의 '들에 나갔지'라는 한마디에 이곳 지리를 잘 아는 그녀가 대문 밖으로 달음박질쳤다.

그로부터 10분 후.

경운기가 횡행하는 시대에도 지게를 진 아버지와 할머니의 유산인 댕댕이덩굴로 만든 광주리를 인 어머니, 그리고 달랑 낫 하나 든 막냇동생이 경순과 함께 집 안으로 들어섰다.

이에 둘째 동생 성호네 부부까지 마중을 나온 가운데 사위 김병수가 인사 삼아 말했다.

"이제 일 그만하셔도 되잖아요?"

"우리는 이게 즐거움이야. 평생을 이 짓 하고 살아왔는데, 노는 것도 무료하고. 건강을 생각해서라도 일해야지."

장인의 말에 장모는 딴소리로 화답했다.

"너희들 오려면 주려고 도토리묵 쒀놨는데, 먹으련?"

"얼른 줘요, 엄마! 엄마가 쑤어준 도토리묵 생각나서 시장에서 사 먹어도 그 맛이 안 나더라."

"아무렴. 밀가루라도 섞어 양을 늘렸을 텐데 제 맛이 나겠니?"

친정 엄마와 딸의 대화에 소외되었던 큰며느리가 끼어든 것은 이때였다.

"어머님, 아버님, 소고기 사 왔는데 좀 구울까요?"

"등심이냐?"

"네, 아버님."

"거 좋지. 이젠 나도 거 등심인지 꽃등심인지에 맛이 들려서 가끔 생각나더라. 거기에 양주는 뭣하고 소주 한잔이면 더 이상 바랄 것이 없지."

"막걸리 안 드시고요, 아버님?"

둘째 며느리의 말에 시아버지가 답했다.

"등심에는 왠지 막걸리가 안 어울려. 소주나 양주가 좋은데, 양주는 너무 비싸고."

가족들의 화기애애한 분위기와는 달리 태호로서는 서른두 살이 넘도록 장가도 안 가고 있는 막냇동생이 걱정스러워 조금 전부터 그를 한곳으로 데려가 을러대고 있었다.

"올 연말까지 장가 안 들면 내가 아무 여자나 안긴다."

"아, 벌써 11월 중순인데 어떻게 연말까지 장가를 가요? 형님도 참……."

막내 승호의 목소리가 커지자 어머니가 참견을 하셨다.

"저놈이 선 본 것만 해도 스무 번이 넘을 겨. 그런데도 큰형 수님같이 예쁜 색시 얻는다고 모두 퇴짜를 놓고……."

부창부수라 했던가. 이 대목에서 아버지도 한마디 거드신다.

"제 주제를 알아야지. 경찰 그 쥐꼬리만 한 월급 갖고 고르긴 뭘 그렇게 골라? 웬만하면 짝 맞춰 살면 되지."

"아버지, 이젠 경찰 월급도 많이 올랐어요."

"됐어, 이놈아!"

아버지의 정겨운 욕과 함께 어느덧 방 안으로 들어선 대가족은 교자상 두 개가 펼쳐지는 것을 보며 미리 허리띠를 푸는 사람도 있었다. 사 남매 중 가장 식성이 좋은 둘째 남동생이었다.

다음 날.

오늘은 어제와 달리 아침부터 날씨가 흐렸다. 이렇게 되자 가족 모두가 가까운 곳으로 야유회를 가자던 약속이 급하게 취소되었다.

아버지와 어머니는 물론 곧잘 집안일을 거드는 막냇동생까지 채 떨지 못하고 밭에 세워놓은 참깨와 들깨를 턴다고 먼저 셋이 약속을 파기했다. 그러자 눈치 보기 바쁜 사위도 덩달아 빠지고, 형의 성화에 강제로 문을 닫아야 했던 둘째 동생 가족마저 이때가 기회다 싶어 청주 매장으로 달아났다.

그렇게 되자 태호 가족만 오롯이 나들이에 나섰다. 더 정확히는 낚시를 하러 나선 것이다. 경호원과 휴일도 없는 수행 비서들까지 탄 차량 석 대가 향한 곳은 4㎞ 남짓 거리에 있는 소매리 방죽이었다.

고향 동네에도 작은 저수지 하나가 있었지만 올 여름에 와 보니 그나마 수초가 우거져 낚시하기에는 부적절하다는 판단으로 큰 저수지로 향한 것이다. 아무튼 지금 향하고 있는 곳은 전생의 학창 시절 추억이 서려 있는 곳이기도 했다.

고등학교 1학년 때인가, 2학년 때인지 정확히 기억은 나지 않지만 이 동네에 살던 친구와 여타 다른 친구 두 명 합하여 네 명이 일요일을 맞아 처음으로 낚시를 하러 온 일이 있었다.

그때도 여름은 아니고 초가을쯤 되었는데 낚시 도중 갑자기 빗방울이 떨어지기 시작했다. 그때까지 낚시로 잡은 물고기라야 송사리 대여섯 마리와 모래무지 두 마리뿐이었는데 말이다.

아무튼 떨어지는 빗방울이 점점 많아지고 바람마저 불자 반소매만 입고 있던 넷 모두 추워져 오들오들 떨고 있는데, 한 놈이 갑자기 저수지로 뛰어들었다. 그리고 녀석이 말하길 '물 속은 하나도 안 추워' 하는 것이다.

이에 세 놈 모두 물속으로 뛰어드니 정말 물속이 바깥보다 덜 추웠다. 그렇게 물속에 몸을 담그고 있는데, 한 놈이 갑자기 배고프다고 소리 지르니 모두 허기를 느꼈다. 그래서 네 명은 모두 물 밖으로 나와 가는 빗줄기를 그대로 맞으며 라면을 끓이기 시작했다.

이때 이 동네 사는 친구가 주장하길 '물고기를 넣어 끓이면 더 맛있다'는 것이다. 이에 그때까지 잡은 얼마 안 되는 물고기마저 넣고 소위 '어죽라면'을 끓였는데 그 맛이 천하일품이었다.

평생 제일 맛있게 먹은 세 번의 라면 중 한 번을 꼽을 정도로 맛이 정말 좋았다. 비록 저수지 물을 떠서 끓인 관계로 물 뜨는 놈의 실수로 작은 모래 알갱이마저도 끝에 가서는 잘강 잘강 씹혔지만 말이다.

아무튼 추억의 맛 여행(?) 낚시를 떠난 태호가 저수지에 도착해 낮은 물가에 낚싯대를 드리우기 시작하자 눈치를 보던 경호원들도 부근에서 하나둘 트렁크에서 낚싯대를 꺼내 펼쳐 놓기 시작했다.

그러나 낚시를 모르는 아내와 두 자식은 건듯건듯 부는 바람에 몸을 웅크리고 태호 곁에 옹기종기 모여들었다. 그렇게 얼마의 시간이 지나자 찌가 움직이다 물속으로 가라앉는 것이 보였다. 태호가 급히 낚싯대를 잡아채 꺼내 보니 기대와 달리 피라미 한 마리였다.

이렇게 시작된 낚시가 약 한 시간가량 지났을 무렵이다. 마치 전생의 그날처럼 빗방울이 휘날리며 바람도 좀 더 세게 불기 시작했다. 이에 태호는 낚싯대를 걷고 라면을 끓여 먹자고 제안했다.

그리고 태호 스스로 트렁크를 열어 평소 챙겨둔 휴대용 가스레인지며 코펠 등을 챙기자 이후부터는 경호원들이 알아서 라면을 끓이기 시작했다. 그런데 이런 날을 대비해 파커라도 입은 태호와 달리 큰딸 수연이 입술이 새파래져 떨고 있는 것이 아닌가.

태호는 그 모습에 얼른 자신의 파커를 벗어 딸에게 입혀주었다. 이 모습을 본 효주가 참지 못하고 한마디 했다.

"멋부리느라 그렇게 챙겨줘도 안 입더니 정말 추운 모양이네."

그렇게 말하는 아내와 아들을 보니 둘은 어느새 파커를 걸친 채였다. 아무튼 엄마의 잔소리도 자신의 잘못으로 인하여 찍소리 못하고 받아들이는 딸을 보고 태호가 가볍게 등을 두드려 주자 수연이 속삭이듯 작은 소리로 물었다.

"아빠는 저런 엄마와 어떻게 살아?"

"뭐?"

어이없다는 얼굴로 잠시 딸을 바라본 태호가 말했다.

"너도 커서 시집가면 별수 없으니 엄마 절반만이라도 해라."

"쳇!"

'쳇' 소리까지 제 엄마를 닮은 딸을 바라보니 어느새 이만큼 컸는지 신기하기만 하다. 새삼 세월의 빠름을 절감하며 태호가 모처럼 딸을 꼭 안아주니 오늘만큼은 수연이도 거부하지 않고 태호의 가슴팍으로 파고들었다.

잠시 후.

태호는 자신의 지시에 의해 물고기까지 넣고 끓인 라면을 먹어보았다. 그러나 전혀 옛날 그 맛이 나지 않았다. 그래서 내심 쓰게 웃는데 다른 사람들은 배가 고팠던지 맛있게들 잘

먹었다.

특히 맛있다는 말을 연속하며 맛있게 먹는 아들을 보고 있노라니 저 녀석에게도 오늘의 라면 맛이 추억으로 남을까 하는 생각이 들었다.

*   *   *

다음 날.

태호는 오늘 새벽 신문을 읽다가 눈에 띄는 기사를 보았다. 그 주요 내용은 러시아의 세계 최대 가스 생산 업체인 가즈프롬의 시가총액이 불과 35억 3천만 달러에 불과하다는 것이다.

이에 직감적으로 최저 수준까지 떨어졌음을 인지한 태호는 출근하자마자 김종인 부회장과 정 비서실장을 자신의 집무실로 불러들여 물었다.

"오늘 기사 보셨습니까?"

"무슨……?"

자신이 질문을 해놓고도 어이가 없었다. 오늘 신문이 쏟아낸 기사의 양이 얼마나 많은데 거두절미하고 물으니 그들이 어떻게 감을 잡겠느냐는 생각에 태호가 실소하며 말했다.

"가즈프롬에 대한 기사입니다."

"……"

그러나 둘 다 입만 벙긋벙긋하며 서로를 바라보지 아무도 대답을 못했다. 하긴 작은 기사였으니 관심을 갖고 세밀하게 보지 않았으면 놓쳤을 것이다. 이런 생각에 태호가 말했다.

　"가즈프롬의 시가총액이 불과 35억 3천만 달러더군요. 최저점이 아닌가 합니다. 따라서 이 기회에 이 회사 지분을 대량 확보해 놓읍시다."

　"언제 오를 줄 알고……?"

　퉁명스럽게 말한 김 부회장을 잠시 어이없다는 얼굴로 바라본 태호가 말했다.

　"세기가 바뀌면 주요 원자재 값이 폭등할 것이라고 제가 누차 말하지 않았습니까?"

　"지금 같아서는 전혀 오르지 않을 것 같아 하는 말이오."

　"원자재 사이클 주기 상 반드시 제 말대로 될 테니 부회장님께서는 체르노미르딘을 만나 10억 불을 투자하겠다고 제안해 보십시오."

　올 초 옐친은 가즈프롬과는 관련이 없는 정치적 사건을 계기로 체르노미르딘을 총리에서 해임했으나, 체르노미르딘은 올 6월 다시 가즈프롬의 이사회 의장으로 복귀한 바 있다.

　"10억 불 투자 조건으로 현 시가총액을 기준으로 그만한 지분을 획득해 오라는 말 아니오?"

　"그렇습니다."

"그렇게 되면 몇 %가 되는 거야?"

김 부회장의 중얼거리듯 묻는 말에 정 비서실장이 얼른 답했다.

"28%가 조금 넘습니다."

"그렇게 되면 기존 우리가 가지고 있는 5%를 더해 33%쯤 되는 것이군."

태호의 말에 김 부회장이 말했다.

"떡 줄 놈이 즐거야지."

"어려우니 그들도 틀림없이 반색할 겁니다. 하고 어둠이 가장 짙을 때 밝은 날을 대비해야 한다고, 차제에 원유와 가스를 공동 개발 하자고 강력 제안 해 투자를 이끌어내고 실제로 그런 곳에 투자하게 해야 합니다."

"알겠소. 여권이나 준비해 주시오. 내 당장 다녀오리다."

"그럼 고생 좀 해주십시오, 부회장님."

"고생은 뭔 고생. 그 정도도 안 하고 고액 연봉 받아 가면 나로서도 미안한 일이지."

이렇게 되어 삼 일 후 김 부회장이 급거 러시아로 출국했고, 그로부터 삼 일 후에는 태호의 계획대로 결실을 맺어왔다. 즉 10억 달러 투자에 지분 28%를 더 얻어온 것이다.

이로써 이 또한 대박 상품의 하나가 되었다. 불과 8년 후인 2006년 4월 28일에는 시가총액이 2,690억 달러를 기록함으로써 마이크로소프트(2,460억 달러)를 제치고 엑손모빌(3,810억 달러), GE(3,580억 달러)에 이어 3위를 차지하는 쾌거를 이룩한 것이다.

그 후 2007년 11월 6일 처음으로 3,000억 달러를 넘어섰고, 2008년 6월 27일에는 3,444억 달러를 기록하며 엑손모빌(4,573억 달러), 페트로차이나에 이어 시가총액 세계 3위 지위를 유지한다.

근 10년 만인 2008년 6월 22일에는 3491.8억 달러로 무려 100배나 폭등하는데, 동 기간 동안 유상증자가 하나도 이루어지지 않았다는 점에서 그 폭발적인 상승을 미루어 짐작할 수 있을 것이다.

도이치 뱅크(Deutsche Bank) AG는 6월 27일자 보고서에서 국내 가스 가격 인상 및 국제 유가 상승과 관련해 가즈프롬의 주가는 지금 수준에서 주당 30달러 수준(2008년 6월 27일 14.55달러)에 달해야 하며, 그 경우 시가총액은 무려 7,100억 달러가 되어야 한다고 주장했다.

그러나 태호는 그들의 주장을 일축하고 이 고점에서 팔아 세계 제1인 부의 아성을 이루는 데 일조케 한다.

*   *   *

흐르는 물과 같이 담담히 흐르는 세월은 어느덧 세기말인 1999년 하고도 5월 달에 접어들어 있었다. 푸른 신록의 이 계절에 태호는 한국이 아닌 일본에 와 있었다.

일본에서도 유명한 자동차 기업인 닛산자동차 동경 본사 사장실에서 회담을 진행하고 있는 것이다.

맞은편에는 하나와 요시카즈(塙義一) 닛산자동차 사장과 다바타테 쓰오(田端鐵男) 전무가 앉아 있고, 태호 양옆에는 카를로스 곤 자동차 사장과 정태화 비서실장이 앉아 있는 상태에서 회담이 진행되고 있었다.

"닛산디젤 포함하여 주당 7,500억 엔을 주시면 자회사 주식 35%를 드리겠습니다, 회장님."

현 65세인 하나와 요시카즈 사장의 말에 태호는 딱 잘라 답했다.

"6,400억 엔!"

이에 어이없다는 얼굴로 바라보는, 금테 안경에 백발이 더 많은 하나와 요시카즈 닛산 사장이다.

그는 도쿄대학 경제학부를 졸업한 후 1957년 닛산에 입사해 기획실장과 미국 닛산의 회장을 역임하다 1996년 사장에 취임한 사람이었다.

"아무리 가격을 낮춘다 해도 7,000억 엔 이하로 떨어뜨린다는 것은 있을 수 없는 일이죠."

말과 함께 고개마저 절레절레 흔드는 그를 보고 태호는 더이상 이야기할 것이 없다는 듯 자리를 박차고 일어났다.

"갑시다!"

태호의 무례에 가까운 행동에도 두 사람은 입술을 잘강잘강 씹을 뿐 제대로 된 항의 한마디 못 하고 세 사람이 나가는 것을 멍하니 지켜봐야만 했다.

그도 그럴 것이 현 닛산은 2조 1,000억 엔의 부채와 연간 1,000억 엔의 이자 부담에 시달리는 등 경영 위기를 겪고 있었기 때문이다.

원역사에서 이들이 르노로 넘어가는 것을 잘 알고 있는 태호는 현세에서는 르노보다 선수를 쳐 이들과 협상에 임하고 있는 것이다.

아무튼 사장실을 벗어난 세 사람은 대기하고 있던 승용차에 올라 이들이 숙소로 잡은 시나가와의 동경호텔로 이동하기 시작했다.

곧 호텔로 돌아온 태호는 프런트를 거쳐 무심코 자신들이 잡은 방으로 이동하려다 앞을 가로막은 사람 때문에 깜짝 놀랐다.

"아니, 회장님!"

대우의 김우중 회장이었던 것이다.

"참으로 김 회장이 부럽소. 누구는 일본 일류 자동차 기업까지 인수한다고 이곳에 와 있는데, 나는 김 회장에게 구걸 좀 하러 왔소."

"일단 제 방으로 가시죠, 회장님."

"고맙소."

곧 네 사람은 엘리베이터를 잡아타고 오르기 시작했다. 이때 김 회장이 다시 입을 떼었다.

"대한민국, 더 나아가 세계의 손꼽히는 부호가 설마 이런 중급 호텔에 머물러 있을 줄은 상상도 못했소. 그 바람에 동경 본사 직원들이 김 회장을 찾아내는 데 아주 애를 먹은 모양이오. 다 물이 고이는 데는 그만한 이유가 있는 것 같소."

"별말씀을 다 하십니다."

태호가 겸양하는데 엘리베이터가 멈추어 서 있다. 순식간에 7층에 도착한 것이다.

곧 705실로 김 회장 및 두 사람을 데리고 들어간 태호는 양복 윗 저고리도 벗지 않은 채 티 테이블 의자에 앉았다.

곧 김 회장이 맞은편에 자리를 잡고 두 사람은 그냥 서 있었다.

의자가 하나만 남아 서로 사양하다가 둘 다 서 있는 두 사람에게 태호는 시선을 줄 여유조차 없었다.

평소와는 너무 다른 김 회장의 심각한 표정 때문이다.

"휴! 아무래도 내가 청와대 윗선을 너무 믿은 모양이오. 이제나저제나 윗선으로부터 구원의 동아줄이 내려오길 기다렸지만 이제는 포기했소. 하하하!"

　말끝에 갑자기 대소를 터뜨리는 김우중 회장의 볼 위로 한 줄기 눈물이 소리 없이 흐르는 것을 보고 태호는 못 볼 것이라도 본 양 얼른 고개 돌려 외면했다.

제3장
댕댕이덩굴 Ⅱ

98년 10월 29일, 일본 노무라 증권이 만든 보고서인 '대우에 비상벨이 울리다'에서 시작된 대우그룹의 유동성 위기는 현재 정점을 치닫고 있는 중이었다. 그룹의 모체인 ㈜대우의 부채는 97년 말 11조 원대에서 1년 후인 98년 말에는 22조 원대로 두 배 상승한다.

여기에다 원화 단기차입금은 97년 2조 7,700억 원대에서 98년에는 9조 8,500억 원대까지 늘어나게 된다.

이게 다가 아니었다. 99년 들어서부터는 그 부채가 기하급수적으로 늘어나 대우로서는 가히 감당 못할 지경까지 이르고 있는 상태였다.

그럼에도 불구하고 김 회장이나 주변 참모진은 얼마 전까지만 해도 낙관적인 생각을 하고 있었다. 김 회장이 말한 대로 청와대 윗선이 이대로 대우를 망하게 하진 않을 것이라는 절대적인 믿음이었다.

그러나 요즈음 돌아가는 정치권 분위기나 관료들의 행동을 보면 이게 아니라는 생각이 들 정도로 대우에게 냉엄하게 대하고 있었다. 이에 비로소 절체절명의 위기의식을 느낀 김 회장 이하 중역들이 동쪽으로 치닫고 서쪽에 손 벌리기 시작하나 벌써 많이 늦은 감이 있었다.

이런 상태에서 김 회장은 몇 번에 걸쳐 태호에게 만남을 요청한 바 있었다. 그러나 태호는 그럴 때마다 이 핑계 저 핑계로 만남을 피해오고 있었는데, 오늘 기어코 외나무다리에서 맞닥뜨린 것이다.

사람의 얼굴이 햇볕에 타면 검게 타는 사람이 있고 붉어지는 사람이 있는데, 김 회장은 후자인 모양이다. 평소보다 더욱 붉어진 얼굴과 백발의 모습으로 물끄러미 창밖을 내다보던 김 회장이 다시 한번 장탄식과 함께 입을 열었다.

"휴! 사업하는 사람에게 돈을 빌려달라는 것도 우스운 일이고, 내 생각으로는 김 회장이 우리 그룹 전체를 인수했으면 좋겠소."

"네?"

전혀 예상치 못한 김 회장의 발언에 태호가 놀란 표정을 짓자 빙그레 웃은 그가 물었다.

"왜, 싫소?"

"그게 아니라 너무 예상치 못한 발언이라서요."

"남에게 넘겨주는 것보다는 김 회장인 인수하면 그래도 우리 그룹을 잘 이끌어나갈 것 같아 하는 말이오."

"아직은 시기상조인 것 같습니다. 기왕 기다리신 김에 조금만 더 정부의 조처를 기다려 보시죠."

"아무래도 틀린 것 같소. 소식을 줄 것 같았으면 벌써 주어야 하는데 미동도 않는 것을 보면……."

이 대목에서 고개를 절레절레 흔든 그가 이어서 말했다.

"감탄고토(甘呑苦吐)의 전형적인 행태가 아닌가 하오."

태호가 답하기도 뭐해 조용히 그를 응시하고 있자 김 회장은 더 강한 발언을 쏟아냈다.

"달면 삼키고 쓰면 뱉는 행태가 어제오늘 일만은 아니겠지만, 막상 당하니 그 배신감에 살이 절로 부들부들 떨릴 정도로 쾌씸하오."

덩달아 동조할 입장이 못 되는 태호가 여전히 멍하니 바라본 채 말이 없자 김 회장이 또 채근했다.

"인수할 의향이 전혀 없소?"

"그건 아닙니다만, 제 생각에는 정부에서도 무슨 조치가 있을 듯싶습니다. 그러니 좀 더 기다려 보시는 게 낫겠습니다. 그래도 정 아니다 싶으면 최악의 경우 그때는 진실로 회장님과 흉금을 터놓고 이야기하고 싶습니다."

"김 회장의 말을 들어보면 일말의 희망이 있긴 있는 것 같은데……."

이 대목에서 말을 길게 끌며 생각에 잠긴 김 회장이 곧 말했다.

"좋소, 일단 김 회장의 말대로 조금 더 정부의 조치를 기다려 봤다가 영 아니다 싶으면 그땐 단둘이 만납시다."

"그러시죠, 회장님."

"그럼……."

자리에서 일어나는 김 회장을 보고 태호가 급히 말했다.

"점심 식사라도 함께하시고……."

"아니오. 오라는 곳은 없어도 갈 곳은 많은 몸이오."

어느 철지난 유행가 가사 같지만 그의 말이 오늘 따라 가슴에 닿아 덩달아 쓸쓸한 미소를 짓고 태호는 그를 배웅했다.

*   *   *

이날 저녁.

태호가 막 저녁 식사를 끝내고 자신의 방으로 들어오니 연속해서 룸 안의 벨이 울리고 있었다. 이에 태호는 급히 전화기를 집어 들었다.

"여보세요."

—저 미쓰비시자동차 사장의 통역 요원입니다. 우리 사장님께서 찾아뵙고 드릴 말씀이 있다는데 만남을 허락하시겠습니까?

"그래요? 그럼 일단 한번 만나봅시다."

—감사합니다, 회장님.

곧 태호가 전화를 끊고 돌아서니 늦게 식사를 마친 카를로스 곤과 정 비서실장이 연달아 그의 방으로 들어왔다. 그런 둘에게 태호가 소파를 가리키며 말했다.

"미쓰비시 사장이 곧 올라올 모양이오. 무슨 일인 것 같소?"

"그들도 요즘 힘든 세월을 보내고 있으니 우리에게 자신의 지분 일부를 인수하라고 그런 것이 아닐까요?"

"흐흠! 그럴 수도 있겠군."

정 비서실장의 말에 태호가 동조하는 데는 다 그만한 이유가 있었다. 요즈음 미쓰비시는 미국 현지 공장 성희롱, 리콜 정보의 조직적 은폐, 차체 결함에 의한 트럭 타이어 이탈 등의 연이은 사건 사고로 이미지가 추락하고, 이에 미국 내 자동차

할부 금융채권의 부실화가 더해지면서 위기에 봉착한 상태였다.

정 비시실장의 말에 일리가 있다고 생각한 태호가 미쓰비시 지분의 인수 건에 대해 곰곰이 생각하고 있는데 노크 소리가 들려왔다.

똑똑!

"들어오세요!"

태호의 말이 떨어지자 두 명이 방 안으로 들어서는데 한 명은 너무나 낯익은 얼굴이었다. 한국에서 자동차 부문 부사장을 지낸 아이카와 데츠로(相川哲郎)였기 때문이다.

그는 삼원이 처음 크라이슬러 및 미쓰비시와 합작으로 자동차 법인을 설립할 때 미쓰비시를 대표해 한동안 한국에서 근무하다 3년 전 전격적으로 사장으로 발탁되어 현재도 사장으로 근무하고 있는 사람이었다.

"안녕하십니까, 회장님?"

꽤 오랫동안 한국에 근무한 경력으로 한국말로 인사 정도는 능수능란하게 할 수 있는 데츠로 사장의 인사에 태호가 손을 내밀며 말했다.

"반갑소이다. 잘 지냈소?"

"네, 회장님."

"자, 무슨 일인지 모르지만 일단 자리에 앉읍시다."

"감사합니다, 회장님."

예의가 철저히 몸에 밴 일본인답게 조그만 일에도 감사를 표하고 데츠로가 통역과 함께 소파에 자리를 잡자 태호 또한 맞은편에 앉았다.

"그래, 무슨 일이오?"

"크라이슬러의 전 지분을 다시 크라이슬러사에서 인수해 주시면 안 되겠습니까, 회장님?"

데츠로의 말인즉 71년 크라이슬러가 미쓰비시 지분 35%를 획득했듯 다시 35%의 지분을 인수해 달라는 말이었다. 데츠로의 말에서 알 수 있듯 크라이슬러사는 자신들이 어려울 때 그 지분을 다시 미츠비시에 전량 넘긴 바가 있다. 그런 것을 오늘 다시 사달라는 것이다.

"흐흠!"

침음하며 생각에 잠긴 태호가 물었다.

"그렇게 되면 미쓰비시 내 지분 비율이 어떻게 되는 것이오?"

"만약 크라이슬러사가 저희 지분 35%를 인수한다면 우리 지분은 26%로 떨어져 최대 주주로 등극한 크라이슬러사 측에 경영권마저 넘겨주어야 할 판입니다."

"그래도 35%의 지분을 넘기겠단 말이오?"

"요즘 너무 어려워 이대로 가다간 조만간 파산 상태를 면키 어려울 것이기 때문에 차선을 선택하자는 것이죠."

"좋소. 한데 가격이 맞아야 할 것 아니오?"

"3,500억 엔에 넘겨드리겠습니다, 회장님."

데츠로의 말에 태호는 내심 깜짝 놀랐다. 닛산의 절반에도 못 미치는 가격을 부르고 있었기 때문이다.

닛산은 똑같은 35%의 지분을 7,500억 엔 부르지 않았던가. 물론 양 자동차 회사 간 규모의 차이가 존재하기 때문에 이런 가격이 형성되는 것이지만, 그를 감안해도 결코 비싼 가격은 아니었던 것이다. 아무튼 싼 가격에 내심 인수할 결심을 굳힌 태호였지만 가격을 더 깎기로 하고 그의 의중을 떠보았다.

"2,500억 엔 정도면 더 생각할 것 없이 바로 인수하겠는데 말이오."

"그건 너무하고요, 3,000억 엔 내십시오."

저들도 삼원그룹이 닛산을 인수하려 한다는 정도의 정보는 꿰고 있는 듯했다.

따라서 삼원이 닛산을 인수하고 나면 자신들의 지분 양도가 더 어려울 것이라 판단했는지 매우 적극적으로 나오는 데츠로를 보고 태호는 좌우 양인을 보고 그들의 의사를 물었다.

이에 곤과 정 비서실장 모두 고개를 끄덕이므로 태호 역시 주저하지 않고 말했다.

"좋소, 그렇게 하도록 합시다. 단 인수하는 곳은 크라이슬러사가 아닌 삼원자동차가 될 것이오."

후발 주자인 한국 삼원자동차에 넘기는 것보다는 미국 크라이슬러사에 넘기는 것이 자존심에 상처를 덜 입는 것이라 그런 제안을 한 데츠로였지만, 더 이상 체면 차릴 계제가 아닌 데츠로 역시 동의한다고 하지 않을 수 없었다.

"알겠습니다. 그렇게 하시죠."

이렇게 되자 태호는 바로 다음 날 한국의 실무진을 급히 불러들여 문서화 작업을 극비리에 진행하도록 했다.

그러는 동안 태호는 닛산 측과의 협상에 박차를 가하고 있었다. 매일 하루에 한 번씩 만나 진행하길 오늘이 벌써 세 번째. 오늘의 회동에서야말로 양측은 서로 확실한 속내를 내보이며 접점을 찾아가고 있었다.

"6,700억 엔 내십시오. 이것이 우리의 최후 안입니다."

하나와 요시카즈 닛산자동차 사장의 말에도 불구하고 태호는 넌지시 다시 한번 그들의 속을 떠보았다.

"6,500억 엔 어떻소?"

"허, 이것 참. 아무리 우리가 어렵기로서니 거저먹으려 하면 안 되지요."

"좋소, 6,600억 엔 내겠소."

"디젤 부분(트럭 부분)까지 말입니까?"

"그렇소."

"허, 이것 참……."

기막히다는 표정으로 요시카즈 사장이 다바타테 쓰오 전무를 바라봄에도 불구하고 쓰오 전무는 침통한 표정으로 연신 고개를 끄덕이고 있었다.

"100억 엔 차이로 회생의 기회를 놓쳐서는 안 됩니다, 회장님."

고개를 끄덕이는 것만으로는 부족했는지 말로 확실히 의사 표시를 하는 쓰오 전무를 향해 요시카즈 사장이 노성을 질렀다.

"당신은 도대체 어느 편이오?"

"저도 사장님만큼이나 가슴 아픈 사람입니다."

"허허, 이것 참……!"

계속해서 난처한 표정으로 탄식만 하고 있던 요시카즈 사장도 종내는 쓰오 전무 말대로 100억 엔 차이로 회생의 기회를 놓칠 수 없다고 판단했는지 동의하는 말을 했다.

"좋소, 이제부터는 경영 체제에 관해 논의하기로 합시다."

요시카즈의 말인즉슨 삼원 측에서 파견할 임원 수와 그들이 어느 직책이냐 하는 것을 협상하자는 말이었다.

이에 태호는 닛산을 경영할 수 있는 최소한의 요건인 최고운영담당 사장(COO)과 재무담당 부사장(CFO) 둘만 파견하는 선에서 그들과의 합의를 이끌어냈다. 이 과정에 걸린 기간은 단 사흘.

이렇게 닛산과의 협상이 마무리되는 순간, 삼원자동차의 미쓰비시 지분 35%를 인수하는 작업 또한 완료되어 있었다. 100엔 당 950원 전후로 움직이는 환율에 의거, 한화 2조 8,500억 원을 미쓰비시자동차에 지불하고 삼원자동차는 경영권을 확보한 것이다.

또한 닛산에게도 같은 환율이 적용되어 6조 2,700억 엔에 닛산자동차의 지분 35%를 획득하는 것은 물론 계열사인 트럭 부분까지 인수하였다. 물론 이를 다시 약세인 달러당 엔화로 계산하여 달러로 지불했다.

곧 이 소식은 기자회견을 자청한 삼원그룹 측과 같은 시간대 일본 양 사 동시 발표로 전 세계에 알려지며 세상을 깜짝 놀라게 했다. 국내 및 일본 언론은 물론 세계 주요 통신사들마저 빅뉴스로 취급하며 속보로 전하는 바람에 삼원그룹은 물론 한국의 대외신인도에도 결정적인 역할을 했다.

〈모 기업을 삼킨 한국의 자동차 산업〉
〈새우, 고래를 삼키다〉
〈세계 3 대 자동차 메이커로 급부상한 삼원자동차〉
〈한국 자동차 일본 열도 공습〉

온갖 자극적인 타이틀 기사 밑에는 한국 삼원자동차가 일본 자동차 두 개 회사를 인수한 자세한 내막과 함께 삼원그룹에 대한 자세한 소개까지 이어져 한국이 IMF사태를 맞아 전전긍긍하는 나라만이 아니라는 것을 대내외에 과시했다.

삼원그룹의 일본 자동차 업체 두 곳을 인수한 소식이 세계로 전파된 다음 날이다. 이날도 국내 언론은 이 소식을 여전히 빅뉴스로 취급하며 조간신문은 물론 방송사에서도 아침부터 떠들고 있는데 청와대로부터 한 통의 전화가 걸려왔다.

김중권 비서실장으로부터 걸려온 전화로, 대통령이 삼원그룹 총수 김태호와의 긴급 회동을 요청하는 전화였다. 이에 시간을 협의한 결과 12시 정오에 오찬을 겸한 회동으로 약속이 정해졌다.

이에 태호는 길이 막힐 것에 대비해 일찌감치 준비를 마치고 10시 30분이 되자 사옥을 출발했다. 그렇게 해 청와대 경내에 도착한 시각이 11시 20분. 전례와 같이 보안 검사를 마치고 비표를 패용한 태호와 정 비서실장은 김중권 비서실장의 안내로 상춘제(常春齊)로 들게 되었다.

그렇게 무료하게 기다리길 약 30분.

김 비서실장이 김 대통령을 모시고 방 안으로 들어왔다. 이에 두 사람이 급히 일어나 정중히 고개를 숙였다.

"오찬에 초대해 주셔서 감사합니다, 각하."

태호의 인사에 김 대통령이 만면에 웃음을 띤 채 화답했다.

"이곳의 이름과 같이 늘 봄이었으면 얼마나 좋겠소. 하지만 나라나 사람의 인생이 늘 봄일 수만은 없으니 나라를 운영하는 최고책임자로서는 늘 근심이 크다오."

늘 봄만 있으면 과일과 곡식이 자라지 못하고 열매 또한 맺지 못할 것이라 반박하고 싶었지만 속으로 삼킨 태호가 돌려서 말을 했다.

"봄은 우리에게 늘 희망을 품게 하죠. 비록 그 희망이라는 것이 더운 여름날과 가을의 햇살이 있어야만 비로소 결실을 맺지만 말입니다."

"다 좋은 이야기. 자, 앉아서 이야기합시다."

대통령의 제안에 따라 넷은 준비된 교자상에 둘씩 나누어 앉았다. 그러자 대통령이 다시 입을 떼었다.

"오늘 내가 김 회장을 부른 용건부터 이야기하고 식사는 그 후에 하는 것으로 합시다."

"네, 각하."

식사를 나중에 한다고 대통령이 말하자 방 한쪽에서 고개를 조아리고 있던 조리장이 곧 수정과 네 잔을 내왔다. 이에 대통령이 잠시 목을 축이는 것 같더니 곧바로 입을 떼었다.

"김 회장이 일본의 3대 자동차 메이커 중 둘을 인수한 쾌거는 나도 기쁨을 금치 못하지만 아쉬운 점도 한 가지 있소."

"네?"

대통령의 말에 태호로서는 반사적으로 놀란 음성을 토해내지 않을 수 없었다. 잘 인수했다고 칭찬받을 줄 알았더니 꼭 그런 것만도 아닌 것 같아 태호는 마른침을 꿀꺽 삼키며 그의 다음 말을 기다렸다.

"대우의 처리 문제를 놓고 나와 정부가 고심하고 있는 것을 온 국민이 다 알고 있는 마당에 김 회장만 모른다고는 할 수 없을 터. 그래서 말이오만, 나는 김 회장이 먼저 대우 인수 문제를 거론하지 않을까 내심 기대하고 있었소. 그런데 엉뚱하게도 일본 자동차 업체의 인수 소식이 먼저 전해지니 나로서는 내심 서운하기도 하고 실망도 했소."

"각하의 의중은 잘 알겠지만 지금까지 이룩한 공을 생각해서라도 대우 김 회장에게 한 번 더 기회를 주시는 것이 어떻겠습니까, 각하?"

"허허, 그 문제를 나도 왜 고려해 보지 않았겠소? 아는지 모르겠지만 금년 들어 대우의 부채가 기하급수적으로 증가하고 있소. 이 상태로 가다가는 나랏돈 30조 원을 퍼부어도 회생시킬지 의문이오. 그런고로 더 상황이 악화되기 전에 내 생각은 김 회장이 인수해 나라에 좋은 일을 한번 하는 것은 어떻겠소?"

"이는 전적으로 대우 측만 책임이 있다고 볼 수는 없다고 저는 생각합니다. 기업어음 회사채 발행부터 상한을 두는 등 정부에서 규제를 하니 그들의 자금난이 더욱 가중되는 것 아닙니까?"

"내가 지금 대우 회장을 만나고 있는 것이오?"

대통령의 말에 태호로서는 내심 아차 싶었다. 그래서 좀 더 과장되게 부인했다.

"그건 절대, 절대 아닙니다, 각하!"

"정부라고 무조건 대우의 CP(기업어음) 발행에 상한을 둔 것은 아니오. 다 대우에 대해 자세한 조사를 하고 취한 조처란 말이오. 정부의 조사로는 저들이 폴란드나 루마니아 등에서 인수한 기업 모두가 자기 자본은 10% 내외밖에 안 들이고 순전히 남의 자본을 끌어들여 요란한 잔치를 벌였단 말이오. 한마디로 말하면 저들의 소위 '세계 경영'이라는 것이 빛 좋은 개살구지. 따라서 그냥 두었다가는 국민의 혈세가 얼마나 들어갈지 가늠하기조차 어려워 일단 더 이상의 빚을 못 내게끔 하려고 취한 조치라고 보면 되오."

숫자까지 들어 반박하는 김 대통령의 말을 더 반박하기도 어려워 태호가 계속 입을 다물고 있자 김 대통령이 계속해서 말했다.

"내가 김 회장에게 대우를 인수하란다고 해서 귀 그룹에 마냥 손해를 끼치자는 것만은 아니오. 우리도 대우를 이 상태로 방치했다가는 얼마의 공적자금이 투입되어야 한다는 것까지도 이미 계산을 다 끝내놓은 상태요. 따라서 그 선 안에서 서로 머리를 맞대고 진지하게 한번 논의해 보도록 합시다. 알겠소?"

"네⋯⋯."

대통령의 말에 태호는 어쩔 수 없이 긍정하는 말을 뱉었지만 영 편치 않은 심정이었다. 그런 그의 표정을 보고 대통령이 물었다.

"무슨 걱정이라도 있소?"

"남이 평생 일군 사업을 손에 넣는다는 것이 마냥 기분 좋은 일만은 아니라서 말이죠."

태호의 말에 김 대통령이 즉각 반박했다.

"하면 나라고 기분이 좋아 김 회장에게 이런 제안을 하겠소. 나도 야당 시절부터 김 회장에게는 많은 은혜를 입은 사람 중 하나요. 하지만 이 자리에 앉으면 누구라도 대국적인 견지로 매사를 판단하지 않을 수 없을 터. 김 회장으로서는 내이런 행위가 치가 떨리겠지만 나도 참으로 불면의 밤을 많이 보냈소. 이 모든 것이 나라 경제를 거덜 낸 전 정권 때문이 아닌가 하오. 대우도 나라가 갑자기 어려워지지 않았으면 이 지경까지 몰릴 기업은 절대 아니라고 보는데, 참 억세게 운이 없는 것 같소. 그래서 어찌하겠소?"

끝은 또 채근이었다. 이에 태호는 어쩔 수 없이 다시 한번 그의 말에 동의하는 말을 뱉지 않을 수 없었다.

"알겠습니다, 각하."

"이런 일일수록 오래 끌어봐야 좋을 것 하나 없소. 그러니 오늘 오후부터라도 당장 양측이 비밀 협상 팀을 꾸려 조기에 종결짓는 것으로 하시오."

"알겠습니다, 각하."

"자, 식사 내오지."

"네, 각하."

곧 답한 조리장이 밖으로 나가는 것을 시작으로 준비된 음식이 차례로 들어오기 시작했다.

*　　　*　　　*

이날 오후부터 정부와의 조율을 거쳐 양측 각각 열 명으로 구성된 협상 팀이 꾸려져 숨 가쁜 나날을 보내기 시작했다. 대우의 총 부실 규모가 60조 원 가까이 되는 바람에 협상팀의 밀고 당기는 숫자는 자연스럽게 조 단위로 오가고 있었다.

이런 속에 협상은 대통령의 말에도 불구하고 한 달을 넘어 벌써 두 달 가까이 질질 끌고 있었다. 이는 대우를 바라보는 양측의 시각이 현격하게 달랐기 때문이다.

삼원그룹 측은 대우의 적정 인수가를 10조 원으로 보고 있는데, 정부는 20조 원으로 계상하고 협상에 임하니 10조 원의 간격을 좁히는 것이 결코 쉬운 일이 아니었기 때문이다.

이런 속에 대우는 점점 더 열악한 상황으로 내몰려 이제는 법정 관리를 신청해야 되는 것이 아니냐는 말이 자체에서도 나올 정도로 그들은 힘겨운 싸움으로 하루하루를 버티고 있었다.

그동안 정부는 대우의 상황을 더 악화시키지 않기 위해 채권단이 4조 원에 달하는 신규 여신을 제공하고 11조 원에 이르는 기업어음과 회사채 등 단기 채무에 대한 6개월 간 연장 방안을 발표했지만, 겨우 연명하는 정도에 그치고 있는 상황이었기 때문이다.

이렇게까지 상황이 전개되자 몸이 단 대통령이 다시 태호를 청와대로 불러들여 정부가 마련한 최후의 안을 제시했다. 즉 60조 원 중 40조 원의 빚은 탕감하고 10조 원의 빚은 삼원이 떠안되 무이자로 10년 거치 10년 분할 상환의 조건을 제시한 것이다.

이에 태호가 동의하니 비로소 대우의 기업어음 및 회사채 발행이 즉시 풀리는 것은 물론 그동안 묶어둔 D/A금융 연불 수출금융도 바로 풀렸다. 아무튼 이렇게 모든 것이 완료된 시점이 7월 말.

태호로서는 적정가에 인수했지만 입맛이 쓴 것은 금할 수 없었다. 일 중독자라는 말을 들을 정도로 대우를 일구기 위해 평생 애써온 김 회장을 생각하면 그때마다 마음이 무거워졌기 때문이다.

그래서 태호는 정보팀에 이미 외국으로 몸을 피신한 그의 행적을 추적하도록 지시했다. 정부와 삼원 측의 실사 과정에서 일부 분식회계 혐의가 드러나 급히 피신한 김 회장의 행적을 찾도록 한 것이다.

그러나 그의 행적을 찾는 일은 결코 쉽지 않았다. 동남아를 떠돌고 있지만 수시로 거처를 옮기기 때문에 항상 뒷북만 치던 정보팀이 기어코 그의 행적을 찾아내 태호의 뜻을 전한 것은 삼원그룹이 정식으로 대우그룹을 인수한 지 약 한 달 후였다. 베트남 하노이에서였다.

곧 태호는 자가용 비행기를 타고 베트남의 중급 호텔로 급히 날아갔다. 그리고 한 호텔방에서 많이 수척해진 그와의 만날 수 있었다. 서로 멍하니 바라보며 침묵을 유지하길 얼마. 침통한 표정의 태호에게 먼저 밝은 표정으로 말을 꺼낸 것은 김 회장이었다.

"어찌 되었든 삼원이 인수하게 되어 다행이오."

"어쩔 수 없었음을 양해해 주십시오. 어느 사람이 하는 말처럼 대한민국에서 기업체를 운영하는 것은 늘 교도소 담장

위를 걷는 것과 같이 아슬아슬한 일. 막강한 권력 앞에서는 어느 기업 집단이든 권력자의 말 한마디에 날아갈 수 있는 것이 대한민국의 현실. 세계 기업사에서 대우 같은 거대 기업 집단이 공중분해된 것은 전례를 찾을 수도 없고 후에도 없을 것입니다."

김 회장을 대신해 태호가 울분을 토하자 희미하게 웃은 김 회장이 말했다.

"이미 지나간 일. 다 내가 못난 탓이니 지난 일은 더 이상 거론하지 맙시다. 그래, 김 회장이 나를 보자고 한 이유가 뭐요?"

"나는 회장님이 벌여놓은 사업 중에서도 특히 유럽에서 벌여놓은 사업이 중단되어서는 안 된다고 생각합니다. 자금 지원만 계속된다면 충분히 승산이 있다고 판단했습니다. 따라서 회장님께서 해외총괄본부장을 맡아 해외 기업을 직간접으로 운영해 주셨으면 좋겠습니다."

"흐흠……."

고심하는 그를 향해 태호가 계속해서 말했다.

"그래야만 회장님의 세계 경영이 허구가 아니었다는 것을 대내외에 증명할 수 있는 것이고, 또 그를 통해 국민 경제에 기여함으로써 기업을 부실하게 운영했다는 오명 또한 벗을 수 있는 좋은 기회라고 저는 생각하고 있습니다."

"좋소. 당분간은 국내 입국도 어려울 것이니 내 유럽 쪽에 머물며 그쪽에 벌여놓은 사업을 진두지휘하리다."

"고맙습니다, 회장님."

이렇게 되어 국부(國富) 유출을 최소화한 태호는 그에게 체재비 명목으로 10만 달러를 긴급 지원 해주고 하노이를 떠났다. 원역사에서는 대우가 갈가리 찢기는 바람에 구 동구 공산권에 벌여 놓은 사업은 그대로 중단되어 국가적으로 많은 손실을 본 일이 있었다. 그것을 금번의 조처로 막은 것이다.

아무튼 태호는 이를 계기로 직제에 해외총괄본부장제를 신설했다. 그래서 유럽 쪽은 김 회장에게 맡기고 미주 쪽은 슐츠에게 맡겼다. 그리고 미주총괄법인 사장 윤준오를 중국총괄본부장에 임명해 중국에 벌여놓은 사업 전체를 총괄하도록 했다.

조직 정비는 여기에서 그치지 않았다. 타 기업을 인수하면 우선 내부 조직을 정비해 안부터 단단히 다짐으로써 내부의 물이 새지 않게 하는 것이 우선이라고 판단한 태호는 직제를 손보는 한편, 후속 인사도 단행하고 기업의 통폐합에도 착수했다.

백화점 경영이라 할 만큼 사업 전 분야에 걸쳐 있는 대우의 사업장을 삼원그룹 측 사업과 통폐합해 하나의 단일 기업으로 만드는 일에 착수한 것이다. 상사, 전자, 건설, 증권, 심지어 연구소까지 통폐합해 전자정보통신 분야는 김재익 부회장이 담당케 하고, 건설과 상사는 김종인 부회장이 담당케 했다.

그리고 그룹 감사실을 대폭 강화해 정기는 물론 수시로 감사 활동을 펴도록 해 사내의 부정을 막고 해이해진 기강을 다 잡아 나가도록 했다. 그런데 문제는 자동차 분야였다.

자동차 부분은 국내에만도 기아, 삼성, 아시아, 쌍용, 대우 등 여러 기업을 인수한 관계로 이를 삼원자동차에 통폐합하려니 여러 문제가 발생했다. 첫째는 노조가 통폐합을 반대하며 들고일어난 일이고, 두 번째는 각 자동차사 별로 외국 자동차 회사와 맺은 제휴 관계, 즉 지분 청산 문제가 쉽지만은 않았던 것이다.

그래서 태호는 일본 닛산자동차 운영 부문 사장으로 카를로스 곤을 파견하는 것과 동시에 자신 스스로 자동차 사장에 취임했다. 그리고 미쓰비시자동차는 현 사장인 아이카와 데츠로를 그대로 유임시키는 대신 대대적인 구조 조정에 착수하도록 지시했다.

아무튼 태호는 자동차 사장에 취임하자마자 노조의 반대로 통폐합이 쉽지 않자 이는 장기 과제로 전환하고 우선 품질 향상에 주안을 두는 정책을 실시했다. 인수한 닛산과 미쓰비시

기술 담당 중역들을 한국으로 발령 내는 것은 물론 크라이슬러사와 심지어 제휴 관계를 맺고 있는 독일의 다임러벤츠사에도 기술자 파견을 요청했다.

그리고 수천 개의 국내 부품회사를 우선 품질과 기술 위주로 각 부품마다 세 회사씩 선정하도록 했다. 그래서 2년의 기간을 두고 기술 및 자금 지원을 해 궁극에는 두 개 회사 경쟁 체제로 가겠다고 선언한 것이다.

이에 심사에서 탈락한 업체들이 연일 들고일어나 데모를 하는 등 말썽을 피웠지만 태호는 그런 일에는 전혀 동요치 않고 자신의 정책을 집행해 나갔다. 그러는 한편 회사로 직접 찾아가 노조원들과 머리를 맞대고 회사의 발전 방향을 논의하는 것은 물론 시너지 효과를 내기 위해서는 통합을 해야 한다는 주장도 펼쳤다. 또 한편으로는 외국 지분 해소에도 총력을 기울여 나갔다.

그렇게 30개월이 흐른 2002년 2월 중순.

자동차 부분에서 제일 뚜렷한 성과를 보인 곳은 일본 닛산자동차를 경영한 카를로스 곤이었다. 태호의 미래 경영인으로 점찍고 스카우트한 것이 비로소 결실을 맺은 것이다.

곤 사장은 '세븐 일레븐(Seven Eleven)'이라는 별명이 있다. 이 별명은 마치 편의점을 연상케 하지만 아침 7시에 출근해 밤 11시에 퇴근한다고 해서 붙여진 별명이었다.

그러나 세븐 일레븐에는 다른 뜻도 담겨 있다. 곤 사장은 24시간 열려 있는 편의점처럼 전화, 이메일 등 소통의 문을 활짝 열어놓고 임직원은 물론 언론 등과도 소통했다.

곤 사장이 다 무너진 닛산을 재건해 흑자로 돌려놓은 배경에는 곤 회장의 '광폭 소통'이 한몫을 톡톡히 했다고 해도 과언이 아니었다. 레바논인 아버지와 프랑스인 어머니를 둔 레바논계 이민 3세로 1954년 브라질에서 태어나 레바논에서 자랐으며, 프랑스의 명문 국립 이공과 대학(에콜폴리테크니크)을 졸업했다.

영어·프랑스어·이탈리아어 등 5개 국어에 능통하며, 프랑스와 브라질 국적을 갖고 있다. 그는 타이어 메이커 '미쉐린'에 입사, 31세(1985년)에 남미 사업 총괄자가 됐고, 35세에 북미 미쉐린 CEO가 되는 등 최연소 승진의 주인공이 됐다. 1,000%가 넘는 인플레로 회사가 고비를 맞았을 때 신속하고 정확한 판단력과 추진력으로 위기를 극복했다.

그런 그가 닛산자동차에 취임할 당시 일본 내에서는 '일본을 이해하지 못하는 외국인 경영자가 일본 문화가 숨 쉬는 닛산(日産)을 제대로 경영할 리 없다'고 반대하는 여론이 많았다.

당시 닛산은 2조 1,000억 엔의 부채와 연간 1,000억 엔의 이자 부담에 시달리는 등 경영 위기를 겪고 있었다.

그는 취임한 같은 해 8월 부채를 2002년 말까지 7천억 엔으로 삭감하겠다는 내용을 골자로 한 '닛산 리바이벌 플랜(NRP)'을 제시했다. 그리고 이 공약을 어기면 닛산을 떠나겠다는 충격 선언을 했다.

이후 4,200억 엔 어치의 자산(85%)을 매각했으며, 전체 사원의 14%에 해당하는 21,000명의 인원 감축, 20개 판매 회사의 사장을 교체, 비생산적인 공장 폐쇄, 닛산에 의존하는 계열 폐지, 20% 구매 비용 삭감, 중간 관리층의 혁신적인 교체, 엄격한 채용 조건 제시, 영어 특별 연수 및 구입 업자 지정제도 등 대폭적인 개혁을 실시해 대대적인 재건의 바람을 일으켰다.

그는 이 같은 독보적인 비용 절감 기법으로 인해 '코스트 킬러(Cost—Killer)', 혹은 '코스트 커터(Cost—Cutter)'라 불리기 시작했다.

그의 과감한 구조 조정과 공격적인 신차 투입 등으로 닛산은 2000년 56억 달러 적자에서 2001년에는 3,720억 엔(29억 달러) 흑자로 돌아섰으며, 1조 4,000억 엔에 달하던 닛산의 악성 부채를 모두 변제했다. 이 때문에 그는 2000년 말 타임지와 CNN이 공동 선정 한 '세계에서 가장 영향력 있는 CEO'에 선정되기도 했다.

이 공로로 그는 2001년에는 닛산 사장 겸 최고경영자(CEO)가 되었다. 닛산 차는 2002년 결산에서도 전년도 대비 9% 증가한

4,643억 엔의 사상 최대 순이익을 낼 전망이다.

또 이 공로를 인정해 태호는 2002년 1월 1일자로 구조조정에 미흡한 아이카와 데츠로 미쓰비시자동차 사장을 해임하고 그를 미쓰비시자동차 사장에 임명해 양 회사를 동시에 이끌고 나가도록 했다.

일본의 닛산만이 뚜렷한 성장세를 보인 것만은 아니었다. 태호가 경영한 한국의 자동차 또한 괄목할 만한 신장세를 이룩했다. 연 100만 대 생산에 그치던 삼원자동차는 삼성자동차와 합병한 이래 빠른 성장 속도를 보여 연 250만 대 생산 체제를 갖추었다.

끝내 노조원의 반발로 통합이 무산된 삼원-기아자동차가 연 150만 대, 삼원-대우자동차가 연 120만 대, 삼원-쌍용자동차가 연 30만 대 등 총 550만 대 생산 체제를 갖추어 명실공히 세계 일류 업체들과 생산 대수 면에서는 어깨를 나란히 하게 되었다.

현재 400만 대 이상을 생산하는 업체는 세계에 5개 업체밖에 없었다. 미국의 GM과 포드, 독일의 폭스바겐과 다임러 벤츠, 그리고 일본의 도요타 정도이다. 그런데 여기에 닛산의 300만 대, 미쓰비시의 150만 대, 크라이슬러사의 180만 대를 합치면 명실공히 1천만 대를 넘어서는 최대 자동차 재벌이 한국의 삼원그룹 자동차 회사인 것이다. 이 수치는 막 올해부터 생산을 시작한 중국 자동차 공장은 제외한 수치이다.

만약 중국 자동차 공장도 태호의 예상대로 연 300만 대 이상을 생산할 수 있게 성장하고, 한국 내 자동차 공장들도 더욱 성장해 연 500만 대 이상을 쏟아내고, 동남아 시장 공략이 미흡하다고 판단한 카를로스 곤의 판단대로 미쓰비시자동차도 연 200만 대 이상을 판매한다면 삼원의 아성은 더욱 견고해질 것이다.

이처럼 자동차 왕국 삼원의 독주 체제가 지속될 것이라는 중론 속에 태호는 자동차 사장직에서 물러났다. 자신이 계획한 대로 품질 면에서도 삼원그룹 소속 한국 내 자동차 회사들은 괄목할 만한 성장을 이룩했다.

그 결과 지금은 다른 여러 나라까지 대부분의 부품을 수출하고 있는 상태였기 때문에 만족감을 표시하고 그 직에서 물러난 것이다. 그리고 태호는 카를로스 곤을 그룹의 부회장으로 임명함과 동시에 삼원그룹 내 전 자동차 공장을 총괄할 수 있는 자동차 회장으로도 발령 냈다.

이렇게 됨에 2년씩 교대로 사장직을 맡는다는 계약에 따라 다임러벤츠의 디터 제체 사장이 물러간 크라이슬러사 또한 그의 손아귀에 들어오게 됐다.

*　　　*　　　*

4일 휴무인 설도 쇠고 약 1주일이 흐른 2월 19일 화요일 아침.

　절기로는 우수인 이날 아침 태호는 긴급한 전화 한 통을 받았다. 충북대 병원에 입원해 있던 할머니가 위독하시다는 전화였다.

　향년 91세의 할머니는 연세가 연세인 만큼 이제 노환으로 아프다는 곳이 많아 수시로 병원에 입원하는 날이 잦았다. 이번만 해도 경미한 감기 증상으로 출발한 것이 폐렴 증세로 전이되어 끝내는 회복하기 어려운 상태로까지 진행된 모양이다.

　아무튼 전화를 받자마자 태호는 곧바로 효주에게 전화를 걸었다.

　아무래도 이번에는 회복하기 어렵다는 판단이 서자 그녀와 함께 가기 위함이다. 그리고 나서 태호가 막 집무실을 벗어나려는데 다시 아버지로부터 전화가 왔다.

　할머니의 강력한 요청에 따라 집으로 모시기로 했으니 집으로 오라는 내용의 전화였다. 전화를 끊고 난 태호의 표정이 더욱 침울해졌다.

　할머니의 뜻인즉슨 자신도 이번에는 일어나기 힘들다 판단하시고 소위 어른들이 말하는 '객사(客死)'를 피하기 위해 집으로 돌아가시려는 것을 직감했기 때문이다.

그렇게 사옥을 나온 태호는 백화점 앞에서 기다리던 효주를 태워 곧장 고향집으로 향했다. 일정 시간이 지나자 고속도로로 접어든 차는 여느 날과 다름없이 빠른 속도로 달리기 시작했다.

하지만 왠지 마음이 조급한 태호로서는 자동차가 제자리걸음만 하고 있는 듯 느껴져 수시로 운전대를 잡고 있는 경호원에게 빨리 달릴 것을 지시했다.

이에 효주가 태호를 달랬다.

"당신 마음은 알지만 급할수록 돌아가라는 말이 있잖아요. 그러니 너무 간섭하지 말아요."

말이야 바른 말인지라 태호가 말없이 차창 밖으로 시선을 주니 을씨년스런 겨울 풍경이 스쳐 지나가고 있었다.

이렇게 두 시간여를 달려 고향집에 도착한 태호는 평소와 다르게 경호원들이 문을 열어주기 전에 손수 문을 열고 뛰어내리듯 차에서 내렸다.

그러곤 바로 고향집을 향해 달려갔다. 사랑하는 아내 효주도 팽개친 채였다.

집에 도착하자마자 태호는 '할머니!' 하는 외마디 외침과 함께 신발이야 마당 저편으로 날아가든 말든 휙휙 벗어 던지고 안방으로 달려들었다.

방 안에는 어머니, 아버지는 물론 청주 사는 고모 내외분까지 계시는 가운데 할머니는 아랫목에 누워 계셨다.

그런데 용태가 심상치 않았다. 그렁그렁 가래 끓는 소리가 들리며 완전히 의식을 잃은 상태였다.

그런 할머니를 보고 고모부가 할머니 허리 밑으로 손을 찔러 넣어보았다. 그러던 고모부가 손을 빼며 고개를 절레절레 저었다.

"아무래도 이번에는 쾌차하기 힘드시겠어. 오늘 저녁 넘기기도 힘드실 것 같아."

이런 말을 한 판단 근거를 태호는 나중에 고모부에게 물어본 적이 있다.

이때 고모부의 답변은 보통 사람은 평소 드러누워도 허리 쪽이 들려 있어 손이 쉽게 들어간다는 것이다. 그러나 죽음에 임박한 사람일수록 손을 찔러 넣어도 들어갈 공간이 없다는 것이다.

따라서 이때 할머니의 상태는 전혀 틈이 없어 소생할 가능성이 없다는 것을 알았다는 것이다.

고모부의 진단은 정확했다. 채 네 시간이 지나지 않아 할머니는 가족들의 오열 속에 한 많은 세상을 등지고 저세상으로 가셨다.

"할머니!"

외마디 부름과 함께 섧게 울던 태호는 계속되는 가족들의 만류, 아니, 아버지가 강제로 끌어내는 바람에 마당으로 나왔다.

곧 허망한 시선으로 하늘을 바라보던 태호의 시선에 문득 잡히는 것이 있었다.

댕댕이덩굴로 할머니가 손수 만드신 광주리였다. 어머니가 이를 물려받아 수확한 농작물을 이고 오기도 하고 때로는 새참을 준비해 나르던 광주리였다.

이제 이를 만드신 할머니는 가고 당신의 마지막 유산인 광주리만이 뜰 옆에 놓여 겨울바람을 온몸으로 맞고 있었다.

제4장

광곤 Ⅰ

할머니를 선영에 모시고 돌아가는 차 안.

일찍 떠오른 반달이 삐죽 천공에 걸려 기웃거리고 있는데 태호는 상념에 젖어 있었다.

자신이 태어날 때만 해도 삼대독자. 그러니 어렸을 때 할머니가 얼마나 자신을 애지중지하셨을지 상상이 간다. 하루 종일 농사짓느라 피곤하신 가운데에도 어린 손자가 밤마실(밤마을)을 가자고 하면 반드시 이웃집으로 놀러 가셨다.

때론 손자를 위한 역성 대장을 자처하셨고, 손자를 위해서라면 당신의 밥도 기꺼이 내주셨다. 주지하다시피 태호가 어릴 때는 집안이 무척 가난했다. 따라서 저녁도 밥보다는 죽이 많았고, 죽보다는 정미소에서 가공을 덜했는지 붉은빛이 나는 밀가루로 손수 만든 국수를 많이도 해먹었다.

그럴 때는 꼭 할머니를 위한 밥 한 그릇이 준비되어 있어야 했다. 할머니는 국수를 전혀 안 드셨기 때문이다. 이는 태호 역시 똑같아서 국수를 하는 날이면 전혀 먹을 생각을 하지 않았다.

이렇게 되면 으레 집안에 큰소리가 났고, 그럴 때면 할머니는 자신의 몫인 밥을 덜어 태호에게 주시곤 했다. 비록 그 밥이 조밥일지라도. 그런 할머니의 사랑이 새삼 가슴을 에는데 차창 밖으로 스치는 반달을 보자 갑자기 할머니의 젖가슴이 생각났다.

더운 여름날, 할머니가 밭일을 하실 때면 항상 러닝셔츠 바람에 일을 하셨다. 그런 상태로 밭을 매기 위해 허리를 깊숙이 숙일 때면 유난히 젖무덤만 새하얗던 할머니의 풍만한 가슴골이 문득 떠오른 것이다.

너무도 어이없는 생각에 태호가 실소하자 옆에 앉아 있던 효주가 물었다.

"무슨 웃음이 그래요?"

"응, 갑자기 할머니 젖가슴이 생각나서."

"참 내……."

덩달아 실소하던 효주가 그 원인을 분석해 주었다.

"어머니의 젖 먹은 기억은 거의 없을 테고, 아마 그때가 여인의 가슴을 처음으로 제대로 본 날이 아닐까요? 그래서 꼬마의 기억에도 강렬하게 남은 것 같아요."

"그럴지도 모르겠군. 그러나저러나 당신이 많이 피곤하겠군."

"저도 그렇지만 당신도 무척 피곤할 거예요. 내일은 하루쯤 만사 제쳐두고 푹 쉬는 건 어때요?"

"당신이야말로 그랬으면 좋겠군."

"나도 쉴 테니 당신도 쉬세요."

"나마저 그럴 수야 있나? 가족까지 치면 수백만 목숨이 내 행동 하나하나에 달려 있는데."

"그런 중압감 버리고 피곤할 때면 확실한 휴식도 필요하다고요. 매일 돌아가는 기계일수록 자주 기름칠이라도 해줘야 고장 없이 잘 돌아가듯이 말이에요."

"알았소, 알았어. 당신의 잔소리가 듣기 싫어서라도 내일은 하루 휴식을 취하도록 하지."

"내 말이 잔소리로 들려요?"

"아, 실수! 선의의 충고!"

"호호호! 바로 잘못을 인정하니 용서해 드릴게요."

"아, 피곤하다!"

"가는 동안이라도 잠시 주무세요."

"당신이 무릎을 내어주면."

태호의 말에 주변의 경호원을 둘러보던 효주가 살짝 태호의 머리를 잡는 것 같더니 이내 그의 머리를 자신의 무릎 위로 살며시 당겼다.

＊　　　　＊　　　　＊

2월 24일 월요일 아침.

이날 아침 태호는 한 통의 전화를 받자마자 바로 오후에는 하늘을 날고 있었다. 이 비행 편에는 모처럼 만에 동행을 자처한 효주까지 함께하고 있었다.

2시간 만에 중국 항주공항에 일행이 내리니 상해 지사장이 승용차를 끌고 마중을 나와 있었다. 뿐만 아니라 그 옆에는 볼품없는 친구 한 명도 함께하고 있었다.

키 162cm에 몸무게 45kg이라는 그의 빈상을 보고 그런 예상은 전혀 하지 못했으리라 생각되는 이 사람의 이름은 마윈(馬雲)이었다. 왜소한 체격에 생김마저 별로인 이 사람을 보고 훗날 중국 최대 부호의 한 사람이 될 것이라고 상상한 사람은 아무도 없을 것이다. 일반인은 물론 관상가들도 말이다.

영문명 잭 마(Jack Ma)인 이 사람과 태호가 연을 맺은 것은

1999년 연말로 거슬러 올라간다. 당시 이 사람은 3월 항주에 알리바바닷컴을 설립했으나 영세한 자본으로 인하여 경영이 어렵게 되자 결국 미국 전역 42개 회사를 돌며 투자를 해달라고 애걸하고 다녔다.

그러나 모두 냉담한 반응만 보일 뿐 그에게 투자한 곳은 한 군데도 없었다. 이에 닛산과 미쓰비시자동차까지 인수해 세기의 투자가로 떠오른 대한민국의 김태호 회장을 기억해 낸 마윈이 삼원그룹까지 찾아온 것이다.

그의 이름을 비서실로부터 전해 듣는 순간 태호는 만사를 제쳐두고 그를 사옥 현관까지 나가 친히 영접했다. 그리고 그가 요구하는 것을 그의 제안대로 거의 들어주었다.

즉 1천만 달러를 투자하면 49%의 지분을 주겠다는 말에 태호는 두말없이 그의 제안에 승낙한 것이다. 그리고 2년여가 지났으나 알리바바는 여전히 그나 태호의 기대에 못 미치는 성장세를 보이고 있었다.

이에 마윈은 투자를 더 하기로 하고 태호에게 긴급 자금을 요청하기에 이르렀고, 태호는 이를 즉시 승낙하는 동시에 그의 기업체를 둘러보기 위해 처음으로 항주를 찾은 것이다.

아무튼 태호를 맞이한 마윈이 90도 각도로 허리를 꺾으며 반가움을 표시했다.

"어서 오십시오, 회장님."

"반갑소이다, 마 회장."

"무슨 회장입니까? 사장 노릇도 제대로 못하고 있는데."

멋쩍은 표정을 지으며 마윈이 하는 말에 태호는 잡은 손에 더욱 힘을 주며 말했다.

"회장으로 불릴 날도 멀지 않았을 뿐만 아니라, 당신이 중국 최고의 부호로 등극하는 날도 머지않았으니 힘을 내시오."

다섯 살이나 어린 사람이라 태호의 말은 자연스러운 반 공대였다.

"그렇게 보아주시니 진정 감사드립니다, 회장님."

"내 안식구요."

태호가 이쯤에서 효주를 마윈에게 소개하자 고개를 번쩍 들어 그녀를 본 마윈이 감탄하며 말했다.

"어느 영화배우보다도 뛰어나게 아름다운 미인이십니다."

"그렇게 봐주셔서 감사해요."

생긋 웃음을 지은 효주의 말에 잠시 넋을 잃고 있는 마윈을 보고 태호가 말했다.

"자, 어서 갑시다."

"네, 회장님."

곧 차에 오른 일행은 빠르게 공항을 빠져나가 알리바바 본사 사무실로 향했다. 머지않아 본사 사무실에 도착한 일행은 곧 마윈의 안내로 사장실로 직행했다.

대좌하자마자 태호는 거두절미하고 본론으로 들어갔다.

"이번에 어디에다 투자를 한다고요?"

"네에……"

생각을 가다듬는지 대답을 길게 끈 그가 이어 답변을 시작했다.

"금번에 일반 소비 시장으로도 전자상거래를 확대하기 위해 C2C 사이트를 개설하려 합니다. 이미 작명까지 해놓았습니다. 알리익스프레스, 타오바오 마켓플레이스, 티몰닷컴 등입니다, 회장님."

"하하하! 완전히 나를 믿고 있구먼."

"제가 믿을 사람은 오직 회장님 한 분뿐입니다. 따라서 이번에도 제 청을 들어주시리라 확신하고 전화를 드린 것입니다."

"얼마가 필요하오?"

"많으면 많을수록 좋지만 한 2천만 달러 정도?"

"그래요? 좋소이다. 아예 3천만 달러를 내드릴 테니 하고 싶은 대로 마음껏 해보시오."

"감사합니다, 회장님!"

태호의 말에 급히 자리에서 일어나 또다시 90도 각도로 허리를 꺾는 마윈을 보고 태호가 물었다.

"더 이상의 문제는 없는 것이죠?"

"물론입니다, 회장님. 제 생각보다 훨씬 많은 3천만 달러를 투자해 주시는데 걱정할 일이 이제 뭐 있겠습니까? 오로지 더 열심히 노력하여 중국 시장을 석권하는 일만 남았습니다."

"다 좋은데 3천만 달러를 더 투자해도 내게는 국물도 없는 것이오?"

비록 태호가 미소를 띠며 말했지만 마윈은 마냥 미안한 표정으로 머리만 긁적이다 어렵게 말을 꺼냈다.

"1% 지분을 더 드릴 수 있는 것이 제 최대 성의 표시입니다, 회장님. 정말 죄송합니다."

"하하하! 그렇다 해도 나는 물론 우리 그룹에서 경영에 간섭하는 일은 전혀 없을 것이니 어디 마 회장 수완대로 능력을 펼쳐 보여주세요."

"감사합니다, 회장님."

이로써 두 사람의 사업적 대화는 모두 끝났다.

알리바바닷컴이 지금까지 운영해 온 것은 중국 내 기업을 대상으로 해외와 무역을 알선하는 B2B 웹사이트였다. 알리바바닷컴은 1인 기업부터 대기업까지 철저하게 기업만 대상으로 서비스를 진행해 온 것이다.

마윈은 중국 내 중소, 중견 기업들이 바이어 확보의 어려움을 겪고 있다는 점에 착안해 이 서비스를 기획했다. 대기업은 브랜드 인지도와 자금을 바탕으로 바이어를 찾기 조금 수월할

지 모르지만, 중소기업은 인력, 자금, 시간 부족으로 해외 바이어를 찾기가 만만찮기 때문이다.

알리바바닷컴은 기업 신용을 확보해 주는 '골드 서플라이어(Gold Supplier)'란 인증 제도를 통해 바이어를 쉽게 찾을 수 있게 도와주고 있었다. 골드 서플라이어 인증 제도는 공급 업체의 재무제표부터 공급 업체에서 만드는 제품이 세계적 수준의 표준 규격에 맞는지의 여부, 업체 담당이나 사장의 금융 거래 신용도까지 종합적으로 고려해 제공하는 서비스였다.

현안이 타결되자 마윈은 기쁜 마음으로 안내를 자처하고 나섰다. 곧 태호가 그의 뒤를 따르며 회사 내부 전체를 둘러보는데, 직원이라야 고작 기백 명에 지나지 않아 태호의 실소를 자아냈다. 그래도 마윈은 자랑을 멈추지 않았다. 처음 18명으로 시작한 직원이 이렇게 많이 불어났다고. 그러나 2015년 광곤절에 시선을 맞추고 있는 태호가 보기에는 아직도 가소롭기 짝이 없었다.

2015년 11월 11일.

'중국판 블랙프라이데이'로 불리는 광곤절 세일에선 엄청난 매출 신기록이 세워졌다. 912억 위안, 우리 돈으로 약 16조 5천억 원. 중국 최대 온라인 전자상거래 업체 알리바바가 하루 동안 이뤄낸 매출이다.

전체 거래의 68%가 모바일 기기에서 일어났으며, 전 세계 232개국에서 소비가 이뤄졌다. 짝 없는 솔로들이 쇼핑이나 하면서 외로움을 달랜다는 광곤절을 이제 중국을 넘어 세계가 참여하기 시작했다.

광곤절 매출은 이미 미국 블랙프라이데이를 앞지른 지 오래이다. 이 중심에는 알라바바가 자리 잡고 있는 것이다. 알리바바는 아시다시피 중국 전자상거래 시장에서 80%에 이르는 점유율을 차지하고 있는 중국 최대 전자상거래 업체이다.

매일 1억 명이 물건을 구매하기 위해 알리바바를 찾는다. 중국 국내 소포의 70%가 알리바바 관련 회사를 통해 거래될 정도이다. 1999년 영어 강사 출신 마윈이 중국 제조 업체와 국외 구매자를 위한 기업 대 기업(B2B) 사이트 '알리바바닷컴'을 개설한 것이 출발점이었다.

2002년 초 기백 명의 직원을 자랑하던 알리비바는 2015년 2만 5천 명이 넘는 직원을 보유한 알리바바그룹으로 성장하는 것이다. 중국의 아마존을 내세우며 쇼핑과는 전혀 무관하던 11월 11일을 '중국판 블랙프라이데이'로 탈바꿈시켜 중국 전체 경제 판도를 좌지우지하게 된 것이다.

2015년 기준 알리바바를 통해 이뤄지는 거래는 중국 국내 총생산(GDP)의 2%에 이를 정도로 괄목할 만한 신장세를 보여 태호를 만족시킨다.

참고로 광곤절(光棍節)은 중국 대륙에서 독신인 사람들을 위한 기념일로 11월 11일이다. 광곤은 중국어로 독신을 뜻하는 말이다.

항주에서 이틀을 더 머물며 효주와 함께 항주의 명물인 서호 주변의 풍광을 즐긴 태호는 전자제품을 쏟아내기 시작한 상해에 들러 그곳 공장들을 시찰하고 곧바로 귀국했다.

그리고 삼 일 후.

태호는 다시 출국했다. 아프리카 및 유럽 내 옛 대우 공장들을 일제히 시찰하기 위한 여정이었다. 이 일정에 따라 해외 총괄본부장으로서 유럽 담당인 김우중 회장도 현지에서 합류할 계획이다.

태호가 제일 방문지로 선택한 국가는 북아프리카 서안 제일 위쪽에 위치한 모로코였다. 98년 기공식을 가졌지만 대우의 혼란으로 인해 일시 중단 되기도 한, 모로코의 카사블랑카 내 마그레브 공단의 공장들이 이제 준공을 마치고 본격적인 제품을 쏟아내기 시작함에 따라 현지 축하 행사를 겸한 일정을 소화하기 위해서였다.

일단의 수행원과 함께 자가용 비행기에 오른 태호는 한 곳의 경유지를 거쳐 장장 16시간 30분의 비행 끝에 카사블랑카 공항에 착륙할 수 있었다. 곧 비행기에서 내린 태호는 장시간의 비행에 허리가 뒤틀리는 것을 느끼며 대우에서 경영하던 현지 힐튼호텔 VIP룸에 여장을 풀고 반나절을 푹 쉬었다.

그리고 눈을 떠보니 아침.

태호는 빠르게 샤워와 세면을 끝내고 지하 1층으로 이동해 그곳에서 기다리고 있는 김 회장과 조우했다.

"도착해 보니 벌써 잠자리에 들었다기에 내가 깨우지 말라 했습니다."

"16시간 이상을 비행하니 피곤해서 젊은 나도 견디기 힘든데 정말 강철 체력이십니다. 부하 직원들의 말을 들어보면 거의 비행기 내에서 주무시며 이동하신다면서요?"

"그것도 옛말입니다. 이제는 나이가 드니 확실히 체력이 전만 못합니다. 그러나저러나 오늘 예정에 없던 모로코국왕도 참석을 한다는데 차질을 빚지 않을지 걱정됩니다."

"그러게 말입니다. 저도 어제 모로코 지사장의 보고를 받고서야 알았습니다. 서둘러 다시 한번 일정을 체크하고 문제가 없는지 검토하라 지시했지만, 무슨 변덕인지……."

"이 나라로 보면 처음으로 자국에서 자동차가 생산되는 역사적인 날이니 이 나라를 통치하는 국왕으로서는 감격스러울 수도 있겠죠."

"그럼 처음부터 참석한다고 할 것이지……."

"이곳 상 공장관과 통화했는데, 삼원이 일정을 짤 때는 갑자기 감기 증세가 있어서 확실한 참석 의사를 밝히지 못했답니다."

"감기요? 지금 이곳 기온이 한낮에는 20도 정도 될 것 같은데요?"

"이곳 기후로는 1월 다음으로 2월이 추운 달이라서 그럴 수도 있을 겁니다."

"허허, 거참……."

이렇게 두 사람이 환담을 나누다 보니 조식이 나와 둘은 빠른 속도로 식사를 끝내고 곧 외부 일정에 대비한 준비를 했다.

9시가 되자 태호는 전 수행원을 이끌고 호텔을 나서서 카사블랑카 교외에 있는 누아쎄르 공단으로 향했다. 대우에 이어 삼원이 추진한 삼원복합공단, 일명 마그레브공단이 그곳에 조성되어 있었기 때문이다.

아프리카에서는 남아프리카공화국 다음으로 잘 조성된 도로 덕분에 30분 만에 현지 공단에 도착한 태호와 김 회장은 현지에서 준비하던 사무 요원은 물론 현지 공장 주요 간부들의 열렬한 환대를 받으며 행사장으로 향했다.

행사장이라야 축구장만 한 크기의 푸른 잔디가 깔린 운동장에 십여 동의 천막이 설치되고 단상과 마이크 시설을 갖춘 정도였다. 곧 귀빈용 천막에 도착한 두 사람이 잠시 주변을 둘러보는데 갑자기 와자지껄한 소리가 나는가 싶더니 수천 명이 일시에 쏟아져 나와 운동장을 가득 메우기 시작했다.

태호가 의아한 시선으로 남기현 모로코 지사장을 바라보자 그가 설명했다.

"이곳 공단 내 자동차 및 전자 공장에 고용된 종업원 5,700명이 행사에 참석하기 위해 나온 것입니다."

"굳이 저들까지 동원할 필요가 있소?"

"모로코 국왕도 오신다는데 우리가 이 나라에 얼마만한 인원을 고용해 국가 경제에 이바지하고 있는지 실증시켜 주고 싶었습니다, 회장님."

이 말을 받아 자신이 데리고 있던 지사장이기도 한 남 지사장을 향해 김 회장이 칭찬했다.

"백문이 불여일견이라고, 모로코 국왕도 두 눈으로 똑똑히 보아야 우리가 이 나라에 얼마나 기여하고 있는지 알고 대우를 달리해 줄 것이오."

그의 말에도 일리가 있다고 생각한 태호가 더 이상 그에 대해 언급하지 않고 정면을 바라보니 그새 종업원들이 열과 오를 지어 정렬해 있는데 참으로 그 모습이 장관이 아닐 수 없었다.

머지않아 공단 정문이 소란스러워지는 것 같더니 경호차에 에워싸인 고급 방탄차를 시작으로 수행한 각부 장관들의 차량이 줄지어 행사장 안으로 들어오기 시작했다.

곧 태호와 김 회장이 수행원들을 이끌고 모로코 국왕 모하메드 6세를 맞으러 나갔다. 태호보다도 네 살이나 어린 모로코 국왕은 영접 나온 일행 중 김 회장을 발견하자 빠른 걸음으로 접근하기 시작했다.

둘은 구면이었던 것이다. 98년 UN총회 참석 차 뉴욕에 왔던 당시 국왕 하산 2세와 김 회장이 만날 예정이었으나 고령으로 갑자기 신열이 일자 당시 왕세자이던 현 국왕이 대신 접견하는 바람에 만난 인연이 있었던 것이다.

아무튼 서로 인사말을 나누며 반갑게 악수를 교환한 김 회장이 태호를 직접 소개했다.

"김태호 삼원그룹 회장이십니다."

"아, 그래요? 정말 말씀 많이 들었습니다."

말과 함께 손을 내민 그는 태호의 손을 굳세게 잡은 채 자신의 말을 이어나갔다.

"요즘 뉴스를 보면 세계의 잘나가는 기업치고 김 회장님의 지분 없는 곳이 없습디다. 참으로 투자의 귀재가 아닌가 합니다. 앞으로 우리 서로 친밀하게 지내며 우리 왕실 자산도 불려주시길 정중히 부탁드리는 바입니다."

"하하하! 별것 아니지만 국왕 전하께서 진심으로 말씀하시는 것이라면 함께할 용의도 있습니다."

"물론 진심입니다."

"좋습니다. 상호 긴밀하게 지내며 이 나라의 발전과 왕실의 번영을 위해 힘껏 노력하겠다고 전하 앞에서 약속드리는 바입니다."

통역 과정에서 약간 문어체 냄새가 나는 것으로 변질되었지만 자신의 의사는 충분히 전달되고 있다고 판단한 태호는 곧 손을 놓고 모로코 국왕의 안내를 자처했다.

"전하, 행사장으로 가실까요?"

"그럽시다."

곧 두 사람이 움직이기 시작하자 주변이 일제히 촬영 나온 방송국 카메라 기자의 눈에 동적 화면으로 잡히기 시작했다.

곧 천막 안으로 들어온 두 사람은 새삼스럽게 수행 장관 및 면면들을 서로 소개하는 시간을 가졌다. 그러다 보니 어언 행사 예정 시간인 10시가 다 되어 사회를 맡은 남기현 지사장이 불어로 무어라 떠들기 시작했다.

이 나라 말이 분명 있지만 한동안 프랑스 식민지로 지낸 전력이 있어 이 나라에서는 프랑스가 제1 외국어로 보편화되어 있는 편이라 남 지사장은 영어보다는 프랑스말로 사회를 보고 있는 것이다.

남 지사장은 고대 경제학과 출신이지만 오랜 외국 생활, 특히 유럽권에 주로 머문 관계로 영어는 물론 프랑스어에도 일

가견이 있었다. 아무튼 프랑스어와 한국어로 동시 진행되는 식순에 의거 제일 먼저 현지 공장에서 1호차로 생산된 씨에로에 대한 제막식(除幕式)을 행하기 위해 고위 참석자들이 움직이기 시작했다.

곧 모로코 측에서는 국왕과 상 공장관 젠토가 대표로 참석하고 한국 측에서는 태호와 김 회장이 대표로 참석해 자동차에 씌워진 흰 천을 벗기는 작업을 하기 위해 각자 끈 하나씩을 쥐었다.

곧 카운트가 시작되었고, 만국 공통어가 되다시피 한 '제로'라는 외침이 떨어지자 세단 타입의 씨에로가 제법 중후한 몸체를 드러냈다. 비록 이곳이 계절적으로는 우기이지만 모처럼 드러난 푸른 하늘을 닮은 푸른색 차량이었다.

씨에로(Cielo)라는 말이 스페인어로 '하늘'이라는 뜻이므로 '하늘처럼 푸른 꿈과 야망을 지닌 현대인에게 운전의 즐거움을 주는 차'라는 뜻으로 작명되었다 한다.

이 차는 대우가 GM과 결별한 후 2년 6개 월간의 개발 기간과 450억 원의 개발 비용을 투입해 자체 기술로 독자 개발한 첫 차종으로, 우즈베키스탄 정부와 5 대 5 합작으로 설립한 현지 공장에서도 현재 생산되고 있는 차종이기도 했다. 또 국내서는 판매가 부진했지만 동유럽에서는 제법 인기 있는 차종이기도 했다.

곧이어 태호의 치사가 있었고, 그 뒤를 이어 모로코 국왕도 축사를 했다. 이 모든 것이 끝나자 일행 모두는 운동장 바로 위쪽에 위치한 공장 시찰에 나섰다.

씨에로 조립 공장이었다. 대부분의 부품을 한국에서 수입해 이곳에서 조립하는 것으로 트럭을 포함하여 연간 10만 대가 생산될 예정이다. 공장 라인을 30분에 걸쳐 둘러본 일행은 다음 공장으로 이동했다.

다음 공장은 컬러TV 조립 공장으로 연간 100만 대 생산 예정이었다. 그리고 이어서 간 곳이 연간 200만 대가 생산될 예정인 컬러브라운관 공장, 다음 동은 각종 핵심 전자 부품 200만 개를 생산하는 공장이었다. 이를 다 둘러본 김 회장이 태호와 국왕이 들으라는 듯 음성을 높여 말했다.

"아시다시피 프랑스가 인당 인건비가 2,500달러라면 이곳은 100달러밖에 안 먹힙니다. 게다가 마그레브(Maghrib) 국가, 즉 튀니지, 리비아, 알제리, 모로코는 소위 자유무역지대로 상호 묶여 있어 이들 국가에는 무관세로 수출할 수도 있습니다. 여기에 지리적으로 가까운 프랑스나 이탈리아, 스페인 등에도 수출할 계획이니 판매에는 큰 문제가 없을 것으로 보고 있습니다."

이를 받아 태호가 말했다.

"김 회장님의 말씀대로 모든 일이 계획대로 순조롭게 이행

된다면 우리는 이곳에 냉장고, 세탁기 등 더 많은 가전제품을 세울 예정입니다, 전하."

이를 받아 모로코 국왕이 말했다.

"거 듣던 중 반가운 말씀이오. 만약 그렇게 되어 우리가 무료로 제공한 80만 평방미터의 땅도 모자란다면 땅은 얼마든지 더 내어드릴 수 있으니 꼭 그렇게 되기를 바랍니다."

"물론이죠."

태호의 확답에 기분 좋은 미소를 띤 모로코 국왕 모하메드 6세 (Mohammed VI)가 말했다.

"배고픈데 점심은 안 주오?"

"하하하!"

국왕의 농담 비슷한 말에 모두 웃음을 터뜨리는 가운데 태호가 말했다.

"가시죠, 국왕 전하. 점심이 준비되어 있을 것입니다."

"그럽시다."

곧 태호는 운동장 쪽으로 방향을 잡아 다시 밑으로 내려가기 시작했다. 운동장 서쪽에 구내식당이 지어져 있기 때문이다.

잠시 걸음을 옮기던 모하메드 6세가 말했다.

"오늘 점심이 공짜 점심만은 아닐 것이오. 저녁에는 내 여러분을 왕궁으로 초대할 테니 함께 만찬을 즐기도록 합시다."

"감사합니다, 전하."

태호와 김 회장이 이구동성으로 답하는데 모하메드 6세가
또 말했다.

"이 모든 것이 잘되어 연간 3억 달러가 아닌 10억 달러 이상
의 외화를 벌어들였으면 좋겠습니다. 물론 가난한 우리나라로
서는 3억 달러도 큰돈이지만, 더 큰 투자와 수출로 서로가 이
익이 되기를 진심으로 바랍니다."

"이 상태로 나간다면 반드시 그런 날이 올 것입니다."

태호가 힘주어 대답하자 만족한 표정을 지은 모하메드 6세
의 걸음걸이가 점점 빨라지기 시작했다.

이날 밤.

왕국에서 만찬을 즐기고 다시 힐튼호텔로 돌아온 태호는
그길로 자신의 방으로 들어가 샤워 후 바로 취침에 들었다.

그리고 다음 날, 평소의 습관대로 새벽 4시에 일어난 태호
는 일어나자마자 욕실로 가서 정신이 번쩍 들도록 찬물로 샤
워를 했다. 곧 밖으로 나온 태호는 베란다 쪽으로 가서 커튼
을 힘차게 열어젖혔다.

그러자 우기라는 것을 알려주기라도 하듯 장대비가 쏟아지
는 풍경이 시야를 가득 채웠다. 이에 빗소리를 더 또렷이 들으
려고 태호는 베란다 미닫이문도 확 열어젖혔다. 그러자 확실

히 빗소리가 더욱 크게 들렸다.

백색소음이라는 빗소리를 듣고 있으니 갑자기 마음이 포근해지며 커피 생각이 났다. 이에 태호가 주변을 둘러봤으나 커피가 준비되어 있을 리 없었다. 그래서 태호는 곧 방문을 열고 밖으로 나왔다.

그러자 깜짝 놀라 의자에서 벌떡 일어나는 사람이 있었다. 윤정민 경호부장이었다.

"벌써 일어나셨습니까, 회장님!"

"그래요. 커피 생각이 나서 밖으로 나왔는데, 파는 데가 있을까요?"

"이 시간에는 아마 없을 것입니다. 봉지 커피라도 좋으시면 제가 가져오겠습니다. 저도 커피를 좋아해 하루에도 여섯 잔 이상 마시는 것 같습니다."

"끓는 물도 있어야 하지 않겠습니까?"

"끓는 물 정도는 프런트에 가면 구할 수 있을 것입니다."

"그럼 부탁해요."

"네, 회장님."

곧 멀어지는 그녀의 쓸쓸해 보이는 등을 바라보며 태호는 여기도 광곤(독신)이 한 명 있었구나 하는 생각을 다시 한번 하게 되었다. 곧 시선을 돌린 태호는 고독해 보이는 그녀의 등을 더 이상 보기 싫어 룸 안으로 들어왔다.

곧 창가에 서서 창밖을 바라보니 여전히 비는 거세게 쏟아지고 있어 간혹 바람이 불 때면 내부까지 빗방울 일부가 튀어들고 있었다. 그래도 그냥 내버려 둔 채 태호는 우중의 새벽을 즐겼다.

그렇게 얼마나 서 있었을까. 현관 쪽에서 똑똑 노크 소리가 들려왔다.

"들어와요."

태호의 대답이 떨어지자 윤정민 경호부장이 커피포트 하나를 들고 들어왔다.

"물을 끓이겠습니다."

태호가 말없이 고개를 끄덕이자 그녀는 곧 냉장고에서 생수 한 병을 꺼내 커피포트에 넣고 콘센트에 커피포트를 꽂았다. 그리고 간이 바에서 포도주 잔 두 개를 꺼내 탁자 위에 올려놓고 물이 끓길 기다리고 서 있다.

이 모든 모습을 말없이 바라보던 태호가 탁자 앞 의자에 앉아 기다리니 이내 그녀가 커피 두 잔을 타 맞은편 의자에 앉으며 말했다.

"드세요, 회장님."

"고마워요. 새벽에 참 별 고생을 다 시키는구먼."

"제게는 고생이 아니라 즐거움입니다."

'무슨 소리요?'라고 묻고 싶었지만 말없이 그녀에게 시선을 주니 그녀가 답했다.

"회장님 곁에서 그룹이 커나가는 것을 보노라면 저 또한 매우 즐겁습니다. 그리고 그 중심에는 항상 회장님이 계시니 회장님을 잘 모시는 것이 유일한 제 기쁨이기도 합니다."

"다 좋은데, 이젠 완전히 포기한 것이오?"

"이제 제 나이 쉰 고개를 넘어섰습니다. 가려는 생각이 있었으면 벌써 갔을 것입니다."

말없이 고개를 끄덕이던 태호가 돌연 단숨에 커피 잔을 비우는 것 같더니 말했다.

"우리 날도 그렇고 하니 술 한잔할까요?"

태호의 말에 놀란 눈으로 유 경호부장이 물었다.

"아침부터요?"

"안 될 게 뭐 있소? 이성적으로 냉철하게 사는 것도 좋지만, 때로 이런 일탈도 필요하지 않을까? 정신 건강을 위해서도 말이오."

"정 그러시다면 독주보다는 포도주가 낫겠습니다."

"그럽시다."

태호의 말에 자리에서 벌떡 일어선 유정민은 간이 바 형식을 갖춘 벽장에서 포도주 한 병과 잔 한 세트를 들고 와서 자리에 앉았다.

곧 병을 딴 그녀가 태호의 잔에 한 잔 따르자 태호 또한 병을 건네받아 그녀의 잔에도 따라주었다. 그리고 잔을 치켜든 태호가 말했다.

"듭시다."

"네, 회장님."

이렇게 시작된 술이 가볍게 한 병을 비우고 세 병째가 되자 약간 자세가 흐트러진 유정민이 말했다.

"회장님과 술을 한잔하고 있으니 매우 기쁘기도 하면서 슬프기도 합니다."

"무슨 말이오?"

"제 직분도 그렇지만 제 마음 또한 해를 따라 도는 일향화(日向花: 해바라기). 회장님의 보살핌으로 물질적으로는 매우 풍족한 삶을 누리고 있으나 항상 마음만은 공허합니다."

"하하하! 대충 무슨 말인지 알겠소."

말을 끝낸 태호가 자신의 잔을 단숨에 비우더니 베란다 쪽으로 걸어가 우두커니 잦아드는 빗줄기를 바라보며 중얼거리듯 말했다.

"이 생에 있어 하나 미안한 점이 있다면 내 야망을 위해 사랑하던 여인을 버린 점일 것이오. 하지만 한 사람과 연을 맺은 이상은 그 사람에게 충실하려고 노력해 왔소. 지조(志操)라는 것이 여자만 있는 것이 아니라 남자에게도 있다고 생각하기 때문이오."

태호의 간접 표현을 들은 유정민이 말했다.

"그래도 회장님은 제게 영원한 태양이고 저는 그를 따라 도는 시들어가는 꽃입니다."

말없이 고개를 끄덕인 태호가 정민 가까이 접근하더니 그녀의 얼굴을 감싸 안았다. 그러자 깜짝 놀란 정민의 눈이 커질 대로 커지는데, 태호는 스스럼없이 그녀의 이마에 입을 맞추었다.

그것도 잠시가 아닌 오랫동안. 그리고 어느 순간 그녀에게서 떨어진 태호가 중얼거리듯 말했다.

"당신을 예뻐하고 존경한다는 의미요."

태호의 말에 정민의 어깨가 물결치듯 크게 흔들리기 시작했다.

그런 그녀의 모습을 보면서 태호는 다시 가늘어진 빗줄기 속으로 시선을 주었다. 그리고 그렇게 오랫동안 서 있었다.

*　　　　*　　　　*

다음으로 태호가 수행원을 이끌고 간 곳은 폴란드의 수도 바르샤바(Warsaw)였다. 그곳에 대우가 인수했으나 한때 위기에 봉착하기도 한 자동차 공장이 있기 때문이다.

즉 바르샤바에는 폴란드 국영자동차 공장인 FSO가 있었고,

루블린(Lublin)에는 상용차 생산 공장인 FSL이 있었기 때문이다. 전자는 승용차 전용 공장이고, 후자는 트럭과 미니밴을 생산하는 공장이다.

이 두 공장이 지금은 삼원의 20억 달러에 이르는 지속적인 투자로 인수 당시보다 두 배 이상 신장된, 연 50만 대의 차량을 생산하고 있었다.

삼원-FSO사는 '폴로네즈'라는, 동구권에서는 꽤 유명한 차량 30만 대를 생산하고 있었고, 삼원-FSL로 바뀐 공장에서는 트럭과 미니밴 20만 대를 생산하고 있었다.

아무튼 태호가 이곳에 온 이유는 이 두 공장을 둘러봄은 물론 바르샤바에서 개최되는 딜러들의 연찬회에 참석하기 위함도 있었다.

이 연찬회는 폴란드는 물론 주변의 체코, 루마니아, 불가리아, 심지어 우크라이나 등에서 삼원의 자동차 판매에 종사하는 딜러 1천 명을 초청해 토론의 장을 마련함과 동시에 그들끼리 삼 일간의 축제를 즐기도록 되어 있는 행사였다.

이런 일정 하에 태호가 바르샤바 공항에 내리니 오싹 한기가 느껴졌다.

모로코의 20도 정도 되는 기온에서 갑자기 영하를 오르락내리락하는 기온과 접하자 적응이 안 되어 더한 면도 있었다.

그래도 명색이 그룹의 수장인데 약한 모습은 보이기 싫어 태호는 의연한 모습으로 마중 나온 전정일 폴란드 지사장의 손을 굳세게 잡아주고 그가 안내하는 대로 승용차에 바로 올라탔다.

김우중 회장, 전정일 지사장, 태호가 동승한 차량 내에서 침묵이 갑갑한지 먼저 말을 꺼낸 것은 전정일 지사장이었다.

"IMF 때를 생각하면 지금도 가슴이 서늘합니다. 계약까지 모두 완료되어 한국에서 올 마지막 금형 선적 분만을 기다리고 있는데, 돌연 선적이 취소되었다는 소리를 듣는 순간 하늘이 꺼지는 암담한 기분이 들었습니다. 그래도 솟아날 구멍이 있다고, 폴란드 정부 부총리가 직접 TV에 출연해 3억 5천만 달러를 투자하겠다고 약속하고 곧 삼원의 인수에 의해 모든 것이 순조롭게 풀렸으니 말입니다."

전 지사장의 말에 김 회장이 씁쓸한 웃음을 매달고 있는 가운데 태호가 물었다.

"지금 우리가 폴란드 사람들을 얼마나 고용하고 있습니까?"

"5만 명입니다, 회장님. 따라서 삼원 하면 이 나라에서 모르는 사람이 없을 정도로 유명한 기업이 되었습니다."

말없이 고개를 끄덕인 태호가 또 다른 질문을 던졌다.

"양 자동차 공장 인수 조건 중 3년 동안 100% 고용을 승계하기로 한 조항이 있는 것으로 아는데, 그 종업원들이 지금도 대부분 근무하고 있소?"

"그렇습니다, 회장님. 당시 100% 고용 승계는 매우 중요한 조항이었습니다. FSO 인수 후 80% 이상의 종업원을 해고하겠다고 공언하는 바람에 GM과 폴란드 정부는 7년째 협상을 질질 끌어오면서도 결론을 못 내고 있었습니다. 그런 것을 우리가 3년간 100% 고용 승계 방침을 밝히자 협상이 급물살을 타 우리가 인수하는 계기가 되었기 때문입니다. 어찌 됐든 우리는 이 조항을 성실히 지켰고, 이후에도 계속 투자가 진행되어 공장이 확장되는 바람에 우리가 고의로 그들을 해고한 일은 없습니다. 이런 이유로 폴란드 정부나 국민 모두가 우리 기업을 더 좋아하는지도 모르겠습니다, 회장님."

"향후 전망은 어떻소?"

"94년 헝가리에 이어 두 번째로 폴란드 정부가 EU 가입 신청을 한 결과도 곧 드러날 것 같습니다. 지금 분위기로 보면 늦어도 2년 후에는 가입이 확정될 것 같고, 기존 27%에 이르던 법인세율 역시 19%로 인하가 추진되고 있으니 더 기업하기 좋은 환경이 되어 성장 전망이 매우 밝습니다, 회장님."

이 말에 지금까지 조용히 앉아 경청만 하던 김 회장이 입을 열었다.

"내가 폴란드 자동차 회사를 적극적으로 인수하려 했던 이유는 폴란드가 정치적으로 안정되어 있는 외에도 동구에서는 제일 큰 나라이기 때문이오. 인구가 4천만 명에 육박해 쏠쏠

한 내수 시장이 있는 데다 지리적으로도 유럽의 한가운데 위치해 있어 앞으로 폴란드의 EU 가입이 확정되면 EU 여러 나라에 무관세로 자동차를 수출할 수 있을 것이라 보았기 때문이오. 그 결과가 임박하고 법인세율마저 낮춘다면 경영 환경이 더욱 좋아질 것은 확실하지요."

태호가 말없이 고개를 끄덕이고 있자 전 지사장이 덧붙였다.

"만약 삼원그룹마저 대우 인수를 외면했다면 죽어라고 대우가 개척해 놓은 경제 영토를 전부 잃어버리는 결과를 낳았을 것입니다."

"전 지사장의 말이 전적으로 옳소."

이렇게 공감하고 나선 김 회장이 말했다.

"단군 이래로 한국의 역사에 해외에 이렇게 많은 인원을 고용한 적이 있습니까? 폴란드만 해도 가족까지 치면 20만 명 이상을 먹여 살리는 데다 여타 루마니아, 불가리아, 우크라이나… 뿐이오? 불란서의 전자 공장, 저 멀리 멕시코 공장에 이르기까지 고용한 인원 모두를 합치면 우리가 100만 명 이상은 먹여 살리고 있을 것이오. 그런데 만약 삼원이 적극적으로 이를 인수하지 않았다면 지금쯤 이 모든 것이 어떻게 되었겠소? 모르긴 몰라도 아마 100% 한낱 신기루가 되어 사라졌을 것이오."

"회장님 말씀이 옳습니다. 그런 면 때문에도 정부의 요청이 아니더라도 궁극에는 우리 그룹이 인수했을 것입니다. 회장님에게는 좀 미안한 일이지만."

태호의 말에 김 회장이 역정을 내듯 말했다.

"무슨 말이 그러오? 내가 먼저 인수 제의를 하지 않았소?"

"그렇게 됐나요? 하하하!"

"아무튼 결과적으로는 모든 것이 잘됐소. 더 고마운 일은 분식회계 분에 대해서도 삼원이 모두 변제하는 바람에 덩달아 내 운신의 폭을 넓혀준 것은 물론 죄명을 벗게 해주니 개인적으로도 참으로 많은 은혜를 입었소."

"회장님이 평생을 애써 일궈온 기업을 가져오면서 이는 제가 당연히 해야 할 일이라 생각했습니다."

"후후! 김 회장이야 그렇게 말하지만 다른 기업이 인수했다면 아마 어림도 없는 일이었을 것이오. 그래서 더 고맙다는 것이죠."

김 회장의 말을 받아 전 지사장도 맞장구를 쳤다.

"맞습니다. 그렇기 때문에 비록 그룹이 바뀌었어도 전 대우 가족들이 내 일같이 나서서 열심히 일하고 있는지도 모르겠습니다. 산업화를 위해 열심히 일한 우리 모두를 죄인 아닌 죄인에서 벗어나게 해주었기 때문에 전 대우 가족 모두는 회장님께 감사하고 있습니다."

"자, 낯 뜨거워 더 이상 듣기 거북하니 그런 이야기는 그만 하고, 장래 비전에 초점을 맞춰봅시다."

"네, 회장님."

이렇게 이야기가 옮겨가려 하는데 차가 어느새 예약된 호텔 에 다 와가고 있었다.

제5장
광곤 Ⅱ

폴란드 바르샤바 교외에 위치한 삼원―FSO 공장을 둘러보는 것을 시작으로 태호는 다음 날에는 연찬회에 참석해 현지 딜러들을 격려했다. 그리고 사흘째 되는 날은 바르샤바에서 남동쪽으로 160㎞ 지점에 위치한 루블린으로 이동해 그곳에 위치한 삼원―FSL 상용차 공장을 둘러보았다.

이렇게 폴란드 일정이 끝나자 태호는 바로 이웃한 루마니아로 이동했다. 루마니아 수도 부쿠레슈티 공항에 내리니 잠시 공석인 현지 지사장을 대신해 이제는 삼원―루마니아 자동차 공장으로 이름이 바뀐 자동차 사장 유택준이 마중 나와 있었다.

태호는 김 회장, 유 사장과 함께 그가 제공한 승용차에 올라 공장이 있는 크라이오바(Craiova) 시로 향했다. 이곳에서 서쪽으로 185km 떨어져 있는 도시였다.

아무튼 대우가 이 공장을 경영하기 시작한 이래 과오 없이 경영을 잘해왔기 때문에 아직도 사장 지위에 있는 유택준 사장이 김 회장을 보더니 옛일이 생각나는지 갑자기 목에 핏대를 세우며 열변을 토하기 시작했다.

"저는 지금도 정부의 처사를 이해할 수 없습니다. 한마디로 아무것도 모르는 선무당이 사람 잡은 것이나 마찬가지입니다."

이렇게 울분을 토하기 시작한 그의 말을 정리하면 이런 내용이다.

프로크루스테스라는 그리스 신화에 나오는 인물이 있다. 그는 아테네 교외의 케피소스 강가에 살면서 지나가는 나그네를 집에 초대한다고 데려와 쇠 침대에 눕히고 침대 길이보다 짧으면 다리를 잡아 늘이고 길면 잘라 버렸다. 기업이 너무 크다며 규제를 하고 심지어 해체하는 것은 이와 같이 우매한 일이다.

자본주의와 물질적 풍요에 대한 미움이 이성을 마비시키고 경제의 원리를 파괴하는 일이다. 경제를 이해하지 못한 반 기업 실험주의의 상징적 규제가 그 당시 강제 실행됐다.

바로 부채 비율 200%이다. 1999년 말까시 부채 비율을 200% 이내로 낮추라는 것이다. 우리 경제의 성장 동력을 식게 만든 최악의 규제였다. 이런 흉측한 규제가 어떻게 나올 수 있었을까. IMF 요구에 백기 투항 한 대가이고, 재벌에 대한 증오에서 나온 산물이다.

장사는 본질적으로 남의 돈으로 하는 것이다. 주식이나 채권을 통해 타인 자본을 활용한다. 회계에서 부채는 자기 자본과 함께 총자산에 포함한다. 부채를 두려워해서는 기업가라고 할 수 없다. 우리나라는 외채를 빌려와 투자했다.

남의 나라 돈으로 산업화를 이룬 것이다. 부채 비율이 높은 것은 해당 기업이 리스크를 감수할 일이지 정부가 통제할 일이 아니다. 하지만 정부는 기업이 위험을 무릅쓰고 투자를 늘리는 의욕을 가지지 못하도록 그 싹을 잘라 버렸다.

대기업들은 그렇게 해서 성장의 의지를 상실하게 되었다. 성장 패러다임은 그렇게 막을 내렸다.

4 대 그룹의 부채 비율은 삼성이 1998년 말 275.7%에서 1999년 말에는 166.5%로, 현대그룹은 449.3%에서 190.1%로, LG그룹은 341.0%에서 182.6%로, SK그룹은 354.9%에서 167.3%로 각각 줄었다.

대우그룹은 부채 비율 축소에 실패했고, 그로 인해 그룹 전체가 붕괴되는 비운을 맞았다. 대우는 부채가 너무 많아서 망한 것이 아니다. 부채를 억지로 줄이라며 금융권이 자금을 회수하도록 한 정부의 잘못된 반성장 정책에 의해 무너진 것이다.

유 사장이 여기까지 이야기하는 동안에도 서너 번 태호의 눈치를 보며 제지의 몸짓을 하던 김 회장이 이쯤에서는 역정까지 내며 강하게 제지했다.

"그만하시게, 유 사장! 다 지난 일을 가지고 떠들어봐야 지금 와서 어쩌자는 것인가? 또 우리 그룹을 인수한 김 회장의 면은 뭐가 되고."

"저야 상관없습니다."

김 회장의 마음을 헤아리고 그런 말을 했지만 태호로서도 유 사장의 말이 결코 유쾌한 것은 아니었다. 어찌 되었든 185㎞라는 거리는 결코 짧은 거리가 아니었기 때문에 유 사장의 이야기가 계속되었다.

그런데 이번에 꺼내는 이야기는 김 회장의 말 때문인지 설립 초창기 이야기였다.

"공장 설립 초기 회장님의 명을 받고 이 공장에 오니 제일 먼저 반긴 것이 무엇인지 아십니까?"

김 회장이 모르겠다고 고개를 가로젓자 어처구니없다는 듯 실소한 그의 말이 이어졌다.

"출근 첫날 공장에 발을 들이니 곳곳에 피켓을 들고 모인 노동자들이 나를 보자마자 일부는 눈뭉치를 던지며 하는 말이 'Korean go home!'이었습니다. 참으로 황당하기 짝이 없더군요. 그래서 저는 현지인 통역을 불러 노조위원장과의 면담을 주선해 달라고 했습니다. 그랬더니 한참 후에 간부 한 명을 대동한 노조위원장이라는 자가 나타나는데 구레나룻을 무성하게 기른 체격이 뚱뚱한 카리스마 넘치는 30대 후반의 사내였습니다."

여기서 잠시 다혈질인 유 사장이 숨을 몰아쉬더니 말을 이었다.

"그래서 제가 말했죠. 외국 자본이 당신네 나라에 투자를 계속할 것인지 발길을 돌린 것인지 온 세계가 주목하고 있다. 우리는 노사 분규가 없을 것이라 생각하고 투자한 것이다. 그런데 이런 식으로 분규를 계속하면 우리로서는 당장 철수할 수밖에 없다. 그렇게 되면 정부와 온 국민적 비난을 당신이 감당할 수 있겠느냐고. 곧 그가 답을 하는데 대답이 아주 걸작이었습니다. 우리는 공산당 치하에서 파업은 상상도 못하고 살았다. 그런데 최근 한국을 방문했다가 한국 사람들한테 한 수 배웠다. 분규를 해야 노동 조건도 개선되고 더 많은 보수를 받을 수 있다고 귀띔해 주어 그렇게 하는 것뿐이다."

이 말을 듣고 태호는 '이제는 노사 분규까지 수출하는구나'

하는 생각에 실소할 수밖에 없었다. 이렇게 시작된 그 후의 이야기를 정리하면 다음과 같은 내용이다.

유 사장은 다음 날 시장과 의원들을 만나 협조를 당부하고 삼 일 후에는 다시 노조위원장을 만나 다음과 같은 제안을 했다.

첫째, 루마니아 경쟁 업체들의 평균 보수보다 항상 10%를 더 주겠다. 그렇게 되면 노동쟁의를 할 필요가 없으니 앞으로 5년간 무쟁의를 보장하라.

둘째, 단체 협약은 정부가 제시한 표준 약관에 따른다.

셋째, 어떠한 경우에도 무노동, 무임금 원칙은 지킨다.

넷째, 금번 쟁의 중 법과 사규 위반자는 인사위원회에 회부한다.

위의 네 조항 중 첫 번째와 네 번째 조항 때문에 노조위원장과 일주일간 씨름을 했지만, 결국 노조위원장이 승복하는 바람에 초장기 사업은 보다 순조로울 수 있었다.

이 외에도 유 사장은 공장을 키워가면서 어려웠던 이야기를 계속하는 바람에 지루할 수도 있던 시간을 잘 넘기고 일행은 두 시간여 만에 크라이오바(Craiova) 시 로대 공장에 도착했다. 곧바로 태호는 유 사장의 안내로 공장을 둘러보았다.

여기서 잠시 크라이오바 시를 소개하면 인구 30만의 올테니아 지방 최대의 상업 중심지로서, 루마니아 평원 서부를 흐르는 지우강 좌안(左岸)에 위치한 도시이다. 북쪽에 제티크 고원, 남쪽에 올테니아 평원이 있다.

아무튼 태호가 공장 안을 한 바퀴 돌아보니 이 공장에서 주로 생산하는 것은 씨에로라는 차종이었다. 물론 경차인 티코와 마티즈, 그리고 에스페로의 조립 생산도 이루어지고 있었다.

이 공장이 문을 열 당시만 해도 10만 대 생산 체제였으나 10억 달러를 지속적으로 투자함으로써 지금은 연 20만 대 생산 체제를 갖추었다는 말로 유 사장은 공장 소개를 마쳤다.

이곳에서 하루를 쉰 태호는 다음 날 불가리아로 이동했다. 태호는 불가리아에 도착하자마자 옛 대우에서 삼원으로 소유권이 바뀐 쉐라톤소피아호텔에 여장을 풀었다. 그리고 그 다음 날은 같이 소유권이 넘어온 불가리아 내 무역센터 건물을 돌아보았다.

소피아호텔은 지분 67%를 확보하고 있었고, 무역센터 건물은 지분 75%를 2천만 달러에 인수해 매해 250만 달러 이상의 수익을 올리고 있었다. 태호는 무역센터를 한 바퀴 돌아보자마자 바로 이 건물 내에 위치한 불가리아 지사장의 방으로 들어갔다.

곧 10분 후에는 현지 고위 관료들이 들어와 삼원그룹이 불가리아에 투자할 항목을 가지고 논의를 거듭했다. 루세, 부르

가스 등의 자유무역지대 내에 가전제품 공장을 세울 것에 대해 주로 논의했으나, 정부의 지원이 기대 이하라서 태로는 다른 대안을 제시했다.

석탄, 석유, 철, 망간, 납, 아연 등의 개발 가능성이 높은 광업 분야에 집중적으로 투자하기로 하고 이에 대한 논의를 거쳐 약정서를 체결했다. 즉, 원자재 값이 날로 상승하므로 이를 바탕으로 회복되고 있는 불가리아 경제에 가속도를 붙이자는 것이었다.

이를 삼원상사에 넘긴 태호는 다음 날 일행을 이끌고 우크라이나로 넘어갔다. 이곳에도 옛 대우가 합작 설립한 자동차 공장이 있었기 때문이다. 압토자즈—삼원사라는 자동차 회사였다.

압토자즈—삼원은 옛 대우가 우크라이나 최대 자동차 회사이던 압토자즈사와 50 대 50으로 합작해 자본금 3억 달러를 들여 1998년에 설립한 회사였다.

압토자즈사는 우크라이나 국민차인 1천 1백 cc급 타브리아를 생산해 왔으나, 90년대 이후 시장 개방에 따른 경쟁력 약화로 97년에는 생산 대수가 1천 대에도 못 미치는 등 가동이 거의 중단된 상태였다.

그런 것을 옛 대우의 경영자와 기술진이 들어가 압토자즈사의 기존 모델인 타브리아를 개선한 뉴타브리아를 양산 체제에 돌입케 해 공장 가동을 완전 정상화시켰다.

뿐만 아니라 압토자즈—삼원은 인수한 바로 당해에 옛 대우 모델인 라노스, 누비라, 레간자 3만 2천 대, 뉴타브리아 4만 대 등 총 7만 2천 대를 생산해 우크라이나 승용차 시장의 60%를 점유했고, 현재는 지속적인 투자를 통해 25만 5천 대로 생산 능력이 대폭 확충되어 러시아 등에 수출도 하고 있었다.

이 공장을 둘러보고 직원들에게 금일봉을 하사하는 것으로 만족감을 표시한 태호는 다음 날에 곧장 프랑스 롱위 공장으로 이동했다.

이 롱위 공장은 프랑스 정부가 실업난 해소를 위해 전폭적인 지원을 해주는 바람에 옛 대우에서는 단 1프랑만 투자해 설립 운영하고 있는 공장이었다.

물론 그 이면에는 한국 경제인들에 대한 신뢰가 뒷받침되었기 때문에 가능한 일이었다.

아무튼 이곳에서는 처음 30만 대로 시작한 것이 현재는 160만 대의 전자레인지를 생산해 유럽 전역은 물론 러시아까지 수출하고 있어 이를 보기 위함이었다.

공장에서 생산되는 전자레인지만으로도 전 유럽 시장의 25~30%를 점하고 있으며, 외에도 중국 천진 공장에서 연 150만 대를 생산해 대부분이 미국으로 수출되고 있고, 또 한국 자체에서 생산되는 것을 포함하면 옛 대우에서 생산되는 전자레인지 수량은 연 450만 대에 이르러 세계 시장의 15%를 점하고 있었다.

여기에 삼원전자의 물량까지 합하면 세계 전자레인지 시장은 한국이 30%를 점하고 있어 전자레인지 왕국이라도 해도 과언이 아니었다. 아무튼 롱위 지역에서 이틀을 머물며 현지 공장을 시찰하고 직원들을 격려한 태호는 곧장 영국으로 건너갔다.

영국 북아일랜드 벨파스 지역에 연간 100만 대를 생산하는 VCR 공장이 있었기 때문이다. 이 공장 역시 영국 정부가 파격적인 지원을 했기에 설립이 가능했다. 공장 설립 비용의 절반을 무이자로 지원하고 5년간 세금을 감면해 주는 파격적인 조건을 제시했기 때문에 설립된 공장이다.

이 공장에서 처음에는 30만 대의 VCR이 생산되었지만, 지금은 연 100만 대를 생산할 정도로 공장 규모가 커져 있었다. 이렇게 유럽의 큰 공장들을 대충 둘러본 태호는 곧 귀국길에 올랐다.

대우를 인수해 그들이 벌여놓은 사업이 남의 나라 수중으로 떨어지지 않은 것이 다행이라 생각하면서.

대우의 공장은 이 밖에도 아프리카, 아시아, 멕시코 등 세계 전역에 산재되어 있었지만 일정상 이번에는 주요 몇 나라만 돌아보는 것으로 만족하고 다음을 기약할 수밖에 없었다.

이번 일정을 소화하면서 태호는 대부분의 나라에서 국빈급 예우를 받았다. 따라서 공항을 이용할 때도 VIP룸을 이용하는 등 많은 편의를 제공받은 것은 물론, 각 나라 정부 고위 관료들이 면담을 요청했지만 일정상 태호는 그들의 요구에 일일이 응할 수 없었다.

귀국한 다음 날이 장인의 제삿날이었기 때문에 일정을 늦출 수가 없었던 것이다. 물론 시간을 쪼개 일부 각료들을 만나기도 했지만 말이다. 아무튼 돌아가시기 전날이 제삿날이 되는 관계로 3월 15일 밤이 되자 사위와 딸들이 여전히 장모 박 여사 혼자 사는 집으로 몰려들었다.

장모 박 여사의 이야기가 나와 말이지만 태호와 효주는 채 6개월도 되지 않아 이 집에 들어와 1년 8개월을 산 적이 있다. 남편을 잃은 박 여사의 행동이 전혀 예상 밖이었기 때문에 취한 조처였다.

남편을 잃은 박 여사는 태호와 효주에게 한 이야기와는 달리 급격한 우울감에 빠져 매사 의욕을 잃는 것은 물론 수시로 눈물을 흘리곤 했다. 이에 태호와 효주가 자주 찾아뵙고 약물 처방도 받았으나 증세는 나아지지 않았다.

이에 할 수 없이 부부가 들어와 사는 것은 물론 효주가 박 여사를 모시고 국내외 여행도 자주 다니는 등 많은 신경을 쓰자 점차 눈물 흘리는 빈도수가 줄어드는 것은 물론 남편 이야기만 해도 화를 내던 그녀가 어느 날부터는 그런 이야기를 해도 담담한 지경에 이르렀다.

그제야 태호 부부는 다시 현재 살고 있는 집으로 옮길 수 있었던 것이다. 독신으로 산다는 것이 결코 쉽지 않음을 장모가 입증해 주고 있는 것이다. 아무튼 세 딸과 두 사위가 모두 왔지만 편봉호는 오지 않았다.

외국에 나가 있는 것도 아닌데 오지 않은 것이다. 재산 분배 과정에서 남은 앙금이 아직도 풀리지 않았음은 물론 그가 망가뜨린 사업을 태호가 재인수해 경영하는 과정에서 자신을 배제시킨 데 대한 서운함의 표시로 오지 않은 것이다.

이런 분위기 속에서 제사상을 차리고 있는 장모 박 여사를 보고 태호가 물었다.

"요즈음 건강은 어떠십니까?"

"많이 좋아졌어. 이제는 혼자 쇼핑도 다니고 옛 친구도 만나며 즐겁게 산다네."

"다행입니다."

"세월에는 장사가 없나 봐. 벌써 영감의 기억도 흐릿해지고……. 하긴 잊어 눈물이 마르니 내가 보다 자유로워졌겠지."

"그렇습니다. 인간에게 망각이 없었다면 삶 자체가 많이 괴로울 겁니다."

"맞는 말이야."

이렇게 대화를 나누다 보니 주변에서 거들고 해서 상차림이 끝났다. 이때 시계를 보니 밤 11시. 제사치고는 조금 이른 감이 있었지만 모두 내일 일을 생각해 조금 일찍 제사를 지내고 딸과 사위들은 제 사는 곳으로 돌아갔다.

그러자 다 잊었다던 박 여사만이 그 큰 집에 혼자 남아 오늘 따라 더 그리운 남편을 생각하고 눈물짓고 있었다. 물론 가정부 한 명이 있었지만 그녀가 위안이 될 일은 전혀 없었다.

*　　　*　　　*

그로부터 채 2주일이 지나지 않아 태호는 만사 제쳐두고 고향집을 방문해야 했다.

3월 28일이 어머니의 칠순이었기 때문에 칠순연(七旬宴)을 베풀어 드리기 위해서였다.

천천히 흐르는 것 같지만 지나고 보면 무심히 흐르는 세월만큼 빠른 것이 없다.

어느덧 어머니도 이제 70세 생신을 맞아 흰머리가 더 많아지고 햇빛을 많이 본 사람답게 동년배보다 더 많이 늙은 모습을 하고 있었다.

두 살 더 많으신 아버지는 말할 것도 없었다.

아무튼 전날 내려오면 더 좋았겠지만 요즈음 너무 바쁜 관계로 태호는 오늘도 오전 7시에 사장단 회의를 주재하고 8시가 되어서야 출발했다.

물론 효주와 동행이었고, 목요일인 관계로 학교에 다니는 아이들은 함께 올 수 없었다.

고향집에 도착하니 10시 30분.

형제들이 모두 모여 있었다.

뒤늦게 자신이 근무하는 경찰서장 딸과 결혼한 막내 부부도 있었다.

경순과 성호 부부도 모인 자리에서 태호 부부는 새삼 부모님께 큰절을 했다.

보는 것이 인사라고 피하시는 부모님을 억지로 모셔서 한 절이었다.

곧이어 형제들이 모두 모여 상차림을 시작했다. 이 상차림만 해도 그렇다.

어머니는 솥뚜껑에 기름이라도 둘러야 잔치 같다고 이번에도 손수 준비하시려고 했다.

태호는 그런 어머니의 성품을 잘 아는 까닭에 미리 전화를 드려 못하게 말렸다.

그리고 상차림에 드는 모든 음식을 사서 쓰도록 했다.

그러나 어머니는 이번에도 일부는 손수 음식을 장만하셨다.

아마도 그 음식은 이후 벌어질 자식들의 술자리에도 나올 것이고, 자식들이 모두 돌아간 다음 날은 동네 사람들에게 제공될 것이다.

상차림이 끝나자 대한민국 국민이면 누구나 알 수 있는 퇴직한 유명한 아나운서의 진행으로 간략한 칠순연 의식이 진행되었다.

다음으로는 어머니가 좋아하시는 현철이라는 가수가 단지 하나뿐인 악기 전자오르간에 맞추어 자신의 히트곡을 몇 곡 불렀다.

그리고 가족들의 노래자랑 시간이 되자 유명 아나운서가 등장하여 오늘의 주인공인 어머니부터 노래를 시켰다.

그러자 어머니는 '찔레꽃'이라는 옛날 노래를 한 곡 구성지게 뽑으셨다.

다음은 아버지 차례로 아버지 또한 60대 이후 애창곡이 된 나훈아의 '청춘을 돌려다오'라는 곡을 전자오르간 반주에 맞추어 특유의 제스처와 함께 열심히 부르기 시작했다.

특유의 제스처라는 것은 손목을 이용해 꺾었다 제쳤다 하는 묘한 동작이다.

그런데 날이 그런 날이어서인지 몰라도 오늘 따라 유난히 가사 말이 묘하게 태호의 가슴을 파고들었다.

평소 밴드에 맞추어 노래할 기회가 거의 없고 단지 노래방이나 몇 번 가서 불러보셨을 탓으로 반주와 노래가 따로 놀아 오히려 더 요란한 환호와 박수가 터져 나올 만도 하련만 단지 물색없는 둘째만 요란하게 박수를 칠 뿐 한동안 환호나 박수 소리가 없었다.

대신 모두 돌아서서 눈가를 찍고 있는 바람에 분위기가 묘해졌다.

그러자 사회자가 재치 있게 농담을 던졌다.

"노인들이 제일 좋아하는 폭포가 무엇인지 아십니까?"

모두 입을 다물고 있자 그가 곧 스스로 답변했다.

"나이야 가라 폭포입니다."

폭소가 터질 만도 하건만 단지 표정이 회복되는 것으로 끝나고 다음은 사회자가 태호를 지목하는 바람에 태호 또한 노래를 해야 했다. 그런데 갑자기 떠오르는 곡이 없어 우물쭈물하고 있자, 효주가 가까이 다가와 태호의 귀에 속삭였다.

"거 있잖아요. 평소 당신이 술 취하면 잘 부르는 즐거운 나의 집."

그녀다운 선곡 지정에도 불구하고 태호는 곧 승낙하고 반주에 맞추어 노래를 시작했다.

이렇게 시작된 노래가 끝나자 잘 부른 노래는 아니어도 태호의 위상 때문인지 요란한 박수 소리와 앙코르 소리가 모두의 입에서 터져 나왔다.

그러나 태호가 사양하자 다음은 효주 차례가 되어 노래를 부르는데 가곡 '선구자'였다.

어찌 된 노릇인지 소위 유행가라는 곡은 아는 것이 없는 효주의 분위기 망치는 노래가 끝나자 형제들 모두가 또 뜨거운 박수와 환호로 그녀의 열창에 호응했다.

이렇게 시작된 가족들의 노래자랑이 모두 끝나고 현철이 또 한 번 자신의 히트곡 몇 곡을 부르는 것으로 여흥은 끝나고 곧 술을 겸한 식사 자리가 시작되었다. 이에 태호가 가까이에서 실물을 보니 더욱 머리와 얼굴이 커 보이는 현철과 사회자에게 미리 준비한 금일봉을 주어 보내고 그 또한 자리에 동석했다.

태호가 자리에 앉으니 이미 각자의 잔에 모두 술이 채워진 채 기다리고 있는 관계로 태호는 자신의 잔을 높이 치켜들고 선창했다.

"어머니와 아버지의 만수무강을 위하여!"

"위하여!"

모두가 후창하고 각자의 잔을 서로 부딪친 제 형제와 부모님은 빠르게 잔을 비워 나갔다. 이렇게 모두 술잔을 비우자 지금까지 존재감 없이 조용히 앉아 있던 유일한 사위 김병수가 나서서 잔을 권했다.

"어머님, 제 잔 한잔 받으십시오. 어머님뿐만 아니라 아버님까지 백수를 축원하는 잔이니 안 받으시면 큰일 납니다."

"하하하!"

"호호호!"

전무 직위에 있는 김병수의 입담에 모두 웃음을 터뜨리는 가운데 어머니도 호응하셨다.

"아무렴, 받아야지. 그리고 백 살도 더 살 테다."

"하하하! 그러십시오."

이렇게 시작된 장장 두 시간 반에 걸친 식사를 겸한 술자리가 이어지자 식구들 대부분이 취했다. 평소 별로 술을 즐기지 않는 어머니는 물론 효주마저 술이 취해 코맹맹이 소리를 하는 것을 보고 태호는 급히 술자리를 파했다.

그리고 태호는 급히 효주를 윗방으로 이끌고 가서 자게 했다. 그렇게 시작된 효주의 깊은 잠이 깬 것은 새벽 6시였다. 그동안 피곤했는지 참으로 오래도 잤다. 태호가 이미 깨어 아침 산책을 끝낸 그 시간까지.

형제들이 모두 돌아간 아침. 어머니는 아들과 며느리, 또 당신들을 위해 황태콩나물해장국을 아침 일찍 일어나 끓여놓으셨다.

이 해장국에 밥 한 술을 말아 먹은 태호와 효주는 7시가 되자 급히 청주공항으로 출발했다.

가면서 태호는 내심 다짐하고 있었다. 고향 동네에도 주민과 당국의 양해를 얻어 헬기장을 하나 만들어야겠다고. 이들 부부가 청주공항으로 가는 이유도 헬기를 타기 위함인데 주변에 마땅한 헬기장이 없어 가는 것이다.

또 효주까지 헬기를 이용하는 것은 서울로 가기 위함이 아니고 거제로 가기 위함이었다. 거제에 삼원이 인수한 옛 대우조선이 있기 때문이다. 지금은 사명(社名)이 '삼원조선해양'으로 바뀌었지만 말이다.

어찌 되었든 효주가 거제를 찾는 것은 오늘 인도될 군함 한 척의 진수식을 효주가 하기 위함이었다.

카다르에서 수주한 5천 톤급 총 여섯 척 중 한 척으로, 대당 가격은 4천만 달러라는 거금이었다. 발주 당시 가격으로 한화 360억 원을 호가하는 물건이다.

아무튼 태호 부부가 청주공항에 도착하니 사전에 연락을 받은 헬기 한 대가 도착해 있었다. AW—139라는 기종으로 2001년 시제기의 시험 비행을 시작으로 올 1월 양산 1호기로 제작된 것을 태호가 긴급 도입한 것이다.

양산 1호기라는 데서 알 수 있듯 시험 비행은 마쳤지만, 아직 많은 양이 공급되지 않아 위험부담이 큰 탓에 그룹 내 간부들 모두 태호가 이것을 도입해 타고 다니는 것을 극구 만류

했다.

그렇지만 이 헬기가 훗날까지 큰 사고 없이 2005년까지만
해도 주문량이 120대를 돌파할 정도로 성공작이었기 때문에
이 기체의 홍보 차원에서라도 태호는 자신이 직접 타고 다니
는 것이다.

태호가 목숨을 담보로 적극적으로 이 헬기의 홍보에 나서
는 데는 다 그만한 이유와 곡절이 있었다. 태호가 처음으로
시작한 헬기 사업인 영국의 GKN과의 합작 사업은 예상과 달
리 성과를 내지 못했다.

이 사업 시작 당시 애초의 구상이 GKN은 유럽 쪽 판매를
담당하고 삼원 측이 아시아 쪽을 담당하기로 했지만, 예상과
달리 판매 부진을 면치 못했기 때문이다. GKN에게는 좀 미안
한 일이지만 그들은 그런대로 선전해 유럽 6개국에 수출했지
만 아시아 쪽은 판매가 전무했다.

그 바람에 합작사가 어려움에 빠졌고, 궁극에는 적자를 견디
지 못한 GKN이 삼원 측에 인수 제의를 해와 태호는 2년 전에
10억 6천만 유로를 주고 전량 그들의 주식을 매입한 바 있다.

또 태호는 여기서 그치지 않고 현재 이탈리아 2위의 기업이
자 최대의 방산 업체인 핀메카니카(Finmeccanica) 가의 자회
사인 아구스타와 50 대 50의 합작사를 제의해 그들이 수용하
자 '아구스타—삼원'이라는 사명으로 현재 공동 운영을 하고

있었다.

그런 관계로 양 사가 천문학적 돈을 들여 개발한 AW—139라는 기종을 적극 홍보에 나서고 있는 것이다.

AW—139는 15인승 중형 쌍발 헬리콥터로, VIP 수송, 해양 운송, 화재 진압, 경찰, 수색 구조, 응급 의료, 재난 대비, 해양 순찰 등에 사용할 목적으로 개발된 기종이다.

태호 부부 및 수행원들이 헬기에 오르자 AW—139기는 거친 바람과 함께 하늘 높이 떠오르기 시작했다.

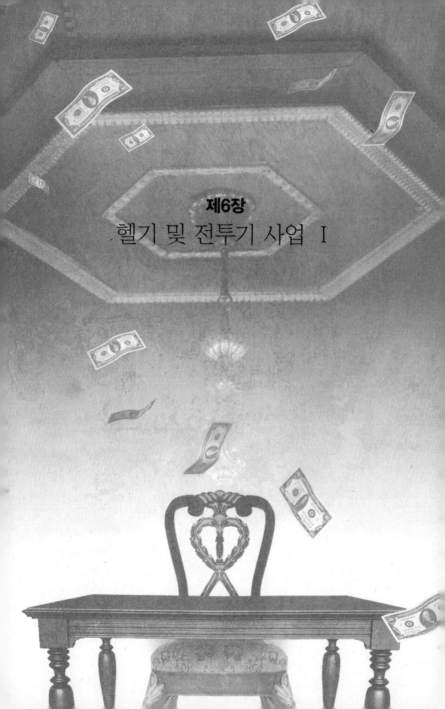

제6장
헬기 및 전투기 사업 I

방공 식별 구역 때문에 군산 쪽으로 빙 돌아 나와 근 한 시간이 걸려서야 거제도 삼원조선해양 헬기장에 도착할 수 있었다. 곧 태호 일행이 헬기에서 내리자 현 사장 박동호가 전 간부를 이끌고 마중을 나와 있었다.

박동호 사장 역시 전 삼원해운 사장처럼 해군제독 출신으로 군 출신답게 강단 있는 태도로 사업을 잘 꾸려 나가고 있어 대우 시절부터 봉직하고 있는 인물이다. 그 결과로 1992년에는 국내 최초로 전투 잠수함 '이천함'을 건조했으며, 이 해에 선박 수주 세계 1위에 오른 바 있다. 작년인 2001년에는 LNG

선 수주 세계 1위에도 올랐다.

프로펠러의 회전 여파로 아직도 사람들의 옷자락이 휘날리는 가운데 박 사장이 태호 부부를 맞아 깊숙이 허리를 조아렸다.

"어서 오십시오, 회장님 내외분."

"준비는 다 됐소?"

"네, 회장님."

"카타르 측은?"

"네, 공사 현장을 견학하고 있습니다. 그러고는 바로 진수식 현장으로 가겠다고……."

진수식 이야기가 나오자 태호는 힐끔 시계를 보았다.

"아직 한 시간은 남은 것 같은데, 잠시 이야기 좀 나눕시다. 아, 카타르 측은 왕세자가 직접 참석한다더니 그가 왔나요?"

"네, 회장님."

"사장실로 오라 하시죠."

"네, 회장님."

대답은 박 사장이 했지만 움직이기는 간부 한 사람이 움직이는 가운데 일행은 곧장 사장실로 향했다. 태호 부부가 사장실에 자리 잡고 앉은 지 채 10분이 되지 않아 터번을 두른 젊은 청년 하나가 수행원들과 함께 안으로 들어섰다.

곧 자리에서 벌떡 일어난 태호는 현 25세인 하마드 빈 할리파 알 타니라는 긴 이름을 가진 왕세자를 향해 손을 내밀었다.

"반갑습니다, 왕세자 전하."

"동감입니다, 회장님."

"국왕폐하께서도 무고하시죠?"

"네, 회장님."

폐하인지 전하인지는 통역이 알아서 처리하라 하고 중요 고객이기에 최대의 예를 표하시고 자리를 권했다.

"이쪽으로 앉으시죠. 드릴 이야기가 좀 있어서."

"네, 회장님."

카타르 왕세자가 소파에 자리를 잡자 태호가 그에게 물었다.

"내가 타고 온 헬기 보셨습니까?"

"아직 못 봤습니다."

"시제기 1호지만 정말 성능이 뛰어납니다. 보시고 군용을 원한다면 그 또한 만족시켜 드릴 수 있습니다. AW—149라 해서 군용 버전도 현재 개발 중이거든요."

"일단 한번 보고 말씀드리겠습니다."

"알겠습니다."

"그리고 유가도 이제 기지개를 켜기 시작해 앞으로 계속 고공 행진 할 것 같은데, 이럴 때 무기도 준비하시고 필요한 선박도 발주하면 좋지 않겠습니까?"

"알겠습니다. 그 문제는 돌아가서 한번 협의해 보겠습니다."

"어찌 됐든 우리 측에 여섯 척씩이나 군함을 발주해 주셔서 감사드립니다. 앞으로도 지속적인 거래를 했으면 좋겠습니다."

"그렇게 하도록 하죠."

이로써 그와의 대화는 끝났고, 태호는 직접 그를 데리고 나가 헬기를 보여주며 이것저것 설명하였다. 그러다 보니 진수식 예정 시간이 다 되어가 일행은 함께 승용차를 타고 행사장으로 향했다.

워낙 작업장이 넓기 때문에 일반 작업자들이 원거리를 이동할 때는 자전거를 타고 이동한다. 그렇다고 왕세자를 자전거 타고 가라 할 수도 없는지라 승용차를 사전에 대기시켰다가 타고 행사장으로 향했다.

머지않아 행사장 도크 앞에 도착하니 모든 준비가 완료된 가운데 이 배를 만드는 데 애쓴 작업자들이 작업복에 안전모를 쓴 채 작업장 가득히 도열해 있었다.

곧 태호 및 효주와 왕세자, 그리고 회사 중역들이 단상에 오르는 것을 시작으로 식이 시작되었고, 식은 빠르게 진행되어 왕세자가 부인을 데리고 오지 않은 관계로 효주가 도끼로 진수선을 절단하는 의식을 거행하게 되었다.

곧 효주가 도끼로 연결된 로프를 절단하자 긴 뱃고동 소리와 함께 박수 소리가 천지를 진동하기 시작했다. 군함의 명명 식은 다음에 갖기로 했으므로 이로써 중요 의식이 모두 끝났 다. 곧 태호는 왕세자와 악수를 나누고 효주와 수행원들을 데 리고 현장을 떠났다.

그러자 배웅을 하기 위해 박 사장이 급히 뒤를 쫓았다. 그 런 그를 보고 태호가 말했다.

"웬만한 농부는 다 압니다만, 처서(處暑)가 지나면 잡초도 더 이상 무성이 자라지 않는다는 것을. 아직 한창 더운 날씨 임에도 불구하고 성장을 멈추고 다가올 가을을 준비하는 것 이죠. 또 다른 말로 비유를 할까요. 권불십년이라고, 조선 경 기가 마냥 좋을 수만은 없을 것입니다. 따라서 10년이 지나면 즉시 잡초가 한창 더운 날에도 성장을 멈추고 씨앗을 준비하 듯 곧장 긴축 경영에 돌입해야 합니다."

여기서 일단 말을 끊고 잠시 박 사장을 돌아본 태호가 웃 음기 하나 없는 얼굴로 계속해서 말했다.

"그리고 이 시점이 되면 후발국 중국의 추격이 거세져 저가 선박 수주는 거의 없다고 보시면 됩니다. 따라서 지금부터라 도 기술 개발에 매진해 고부가가치 사업으로 빠르게 이동해 야 합니다. 예를 들면 크루즈선박이나 반잠수식 시추선 및 드 릴십, FPSO, FPU 등의 부유식 해양 플랜트 완제품과 고정식 플랫폼, 잠수함 건조, 풍력발전 등의 사업이 되겠지요. 명심하세요."

"네, 회장님."

"그만 배웅하셔도 됩니다. 왕세자나 잘 접대해 보내도록 하세요."

"알겠습니다, 회장님."

박 사장을 쫓다시피 해서 보낸 태호는 지금 당장보다는 먼 미래를 생각하고 여전히 심각한 안색이 되어 있었다. 2007년 무역의 날 '60억 불 수출의 탑' 수상을 시작으로 삼원조선해양은 2008년 매출 11조 원을 넘어선다.

2009년 8월 미국의 드윈드(DeWind)사를 인수하고 풍력발전 사업에 진출하고, 같은 해 무역의 날에는 '100억 불 수출의 탑'을 수상하기도 한다. 2011년에는 세계 최대 부유식 원유 생산 저장 하역 설비인 '파즈플로 FPSO'를 건조하기도 하고, 2013년에는 18,000TEU급(1TEU는 20피트 컨테이너 1개) 세계 최대 컨테이너선을 건조하는 등 한동안 영광을 누린다.

하지만 2015년부터 급격히 나빠지기 시작하는 조선 경기를 생각하면 태호는 벌써부터 근심이 앞서 박 사장에게 그런 당부를 했고, 스스로도 묘수 찾기에 골몰하고 있는 것이다.

*　　　　*　　　　*

다음 날.

태호는 이날 정부 발표를 보고 씁쓸함을 금할 수 없었다.

총 사업비 44억 6,688만 달러(약 5조 8,000억 원)를 투입해 2009년까지 최신예 전투기 40대를 도입한다는 계획에 따라 추진된 FX1차 사업에서 프랑스의 라팔과 보잉사의 F—15가 우선협상대상자로 선정되어 2차 관문에서 겨루게 된 사실을 정부에서 발표했기 때문이다.

라팔과 F—15의 평가 점수가 오차 범위인 3% 이내이기 때문에 2단계 평가 사업으로 결론을 낸다는 발표였던 것이다. 록히드마틴의 지분을 가지고 있는 태호로서는 분한 마음에 발표를 보는 순간 자리를 박차고 일어나 비서실에 지시했다.

"당장 헬기 띄워! 사천에 내려가 보게!"

태호의 지시에 의해 비서실 직원들이 급박하게 움직이는 가운데 태호는 벌써 자신의 집무실을 벗어나고 있었다.

곧 정 비서실장과 황 수행팀장, 그리고 경호실 직원들이 급히 자신의 뒤를 따르는 가운데 엘리베이터를 타고 지하실로 내려온 태호는 대기하고 있던 승용차에 올라 한강변 헬기장으로 향했다.

머지않아 헬기장에 도착한 태호는 그곳에 대기 중인 자가용 헬기를 타고 경남 사천에 위치한 삼원항공우주산업으로 향했다. 삼원그룹이 100% 지분을 가지고 있는 삼원항공우주산업은 1999년 정부가 추진한 대규모 빅딜에 의해 세워진 회사였다.

정부에서는 외환위기 발생 이후 5대 그룹 계열사를 서로 교환, 통합하는 빅딜을 추진했다. 이 과정에서 정부는 대우중공업, 삼성항공, 현대우주항공 등 항공 3사의 항공기 부문을 삼원으로 통합케 했는데 인수 가격 등 복잡한 문제로 질질 끌다가 작년에 전격적으로 삼원 측에서 그들의 요구 조건을 모두 들어줌으로써 통합 출범한 것이 삼원항공우주산업이라는 거대 회사였다.

원역사에서는 이로 인해 한국항공우주산업(KAI)이 등장하는 것이나, 삼원그룹의 대두로 그들은 아예 설 자리가 없게 되었다. 아무튼 총 자산 10조 1,000억 원의 거대한 이 회사는 원역사의 KAI에 비하면 자산 면에서도 9배나 더 큰 매머드 회사로 크게 세 부분으로 나뉘어 있었다.

전투기 및 항공기를 제작하는 항공기 분야, 헬기 사업 분야, 로켓 및 미사일 제조 분야 등으로 크게 세 부분으로 나누어져 운영되고 있었던 것이다. 아무튼 한 시간여의 비행 끝에 사천 비행장에 착륙하니 이진욱 박사 일행이 마중을 나와 있었다.

현 60세인 이진욱 박사는 항공기 엔진 설계 권위자로서 서울대를 졸업하고 미국 클리블랜드주립대 기계공학과에서 석.박

사 학위를 받은 인물이다. 그리고 그는 현지에 눌러앉아 거대 기업 유나이티드테크놀로지스 헬기 부분 부사장까지 올랐다. 그리고 미국 기계학회(ASME) 유체공학 부문 회장을 역임하고 있는 것을 태호가 초빙해 회장으로 모신 인물이다.

아무튼 불시 점검이면 좋겠지만 그사이 비서실에서 통보해 그가 마중을 나와 있자 태호는 거두절미하고 물었다.

"고등훈련기 제작은 어찌 되어가고 있소?"

"시제품이 완성되어 초음속 돌파 시험을 하려 합니다."

"좋습니다. 예상보다는 빠르군요. 하면 자체 개발 헬기는요?"

"그건 아직 시간이 더 있어야 되겠습니다, 회장님."

"흐흠! 참으로 곤란하군. 헬기조차 하나 제대로 못 만들어서야 어떻게 전투기를 만들 수 있겠소?"

"요는 설계 기술 확보가 관건입니다. 어느 회사든 극비로 취급하는 것이 이 분야이기 때문에 기술제휴를 맺은 아구스타도 이 부분만은……."

고개를 절레절레 흔드는 이 박사를 바라보던 태호가 물었다.

"시코르스키(Sikorsky)사의 요즘 경영 실적은 어떻소?"

"별로 재미가 없는 것으로 알고 있습니다."

"적자가 나는 것인가요?"

"많지는 않지만 그런 것으로 알고 있습니다."

"시코르스키사를 우리가 인수할 수는 없을까요?"

"네?"

생각할 수 없는 질문이었는지 깜짝 놀란 이 박사가 잠시 생각 후 답했다.

"100% 인수는 힘들 것이고, 지분 인수는 모르겠습니다."

"한번 타진해 보세요."

"알겠습니다, 회장님."

"어떻게든 자체 제작 기술을 확보해야 정부에 대고 할 말이 있을 것 아니오?"

"그건 그렇습니다."

태호가 정부 운운한 것은 한국형 헬기 사업을 말하는 것이다. 2001년 정부는 공격헬기와 기동헬기의 동시 개발을 목표로 한국형 다목적 헬기 사업(KMH: Korean Multipurpose Helicopter)을 시작하기로 하고 그 주관사로 삼원우주항공을 선정한 바 있다.

즉 한국군이 40년 이상 운용하여 노후의 정도가 심하다고 지적된 기동헬기인 UH-1H와 500MD를 최첨단 고성능 헬기로 대체하고, 국내 헬기 산업을 육성하려는 목적으로 추진한 국책 사업이 한국형 헬기 사업인 것이다.

영문(Korean Helicopter Program) 머리글자를 따서 KHP라

고도 부르는 이 사업이 어찌 된 일인지 구체적인 청사진이 안 나오고 계속 미적대고 있어 태호가 그런 말을 한 것이다.

즉 공격헬기든 기동헬기든 당장 제작할 수 있는 요건이 되면 미적미적하고 있는 정부를 압박해 일정 제시를 요구할 수 있다는 생각인데, 그렇지를 못하니 정부만 바라보고 있는 것이 답답한 것이다.

"정리합시다. 적극적으로 시코르스키사에 대해 인수를 추진해 보고 여의치 않으면 지분 인수라도 하세요. 내가 왜 이렇게 하는지는 잘 아시죠? 어떻게 하든 설계 기술을 확보하란 말입니다. 정 안 되면 외국 기술자를 포섭하는 한이 있더라도. 지금과 같이 밥벌레들만 포섭하지 말고."

"네, 회장님."

태호의 말대로 수백 명에 달하는 자체 연구원 중에는 외국 기술자와 석박사도 많았으나 아직 헬기 하나 제대로 만들지 못한다는 데 대한 섭섭함을 그대로 전한 것이다.

"자체 개발 전투기 분야도 마찬가지입니다. 미흡한 부분은 돈은 얼마를 들여도 좋으니 그 분야 전문가를 적극적으로 초빙해 빠른 시일 내에 스텔스 전투기도 제작할 수 있는 기술을 확보하세요."

"알겠습니다, 회장님."

걸음을 옮기며 태호가 이 박사에게 말했다.

"고등훈련기 시범 비행을 볼 수 있을까요?"

"지시해 놓겠습니다. 일단 제 방으로 가시죠."

"그럽시다."

태호는 끝이 안 보이는 거대 활주로 양쪽으로 전개되어 있는 수십 동의 거대 건물과 저 멀리 아스라이 보이는 아파트 단지를 바라보며 내심 허탈감에 잠겼다.

그도 그럴 것이 초기의 자산은 1조 1천억 원에 지나지 않은 것을 그 열 배 가까운 투자를 해도 아직 뚜렷한 결과물이 나오지 않으니 답답함을 넘어 허탈감까지 느껴진 것이다.

아무튼 회장실로 향하면서 태호는 고등훈련기에 대해 생각하게 되었다. 1990년부터 사업을 시작해 1997년부터는 미국 록히드마틴까지 끼워 넣어 본격적으로 개발에 착수했다.

작년, 그러니까 2001년 10월 기체(機體)를 완성하고 계속 시험 비행 중으로 별 이상이 없으면 가급적 빠른 시일 내에 첫 공개 시범 비행을 할 예정으로 계속 테스트 중에 있었다.

주지하다시피 이 고등훈련기 사업은 F—15A, F—16, F—22 등 전투기의 조종 훈련을 목적으로 제작하는 훈련기로, 그에 맞게 설계되었음은 물론 고도의 기동성을 자랑하는 디지털 비행 제어 시스템과 디지털 제어 방식의 엔진, 견고한 기체 및 착륙 장치 등을 장착하고 있어 같은 급의 훈련기 가운데에서는 최고의 성능을 자랑하게 될 것이다.

이미 2001년 KT-1 기본 훈련기를 제작해 인도네시아에 수출한 전력도 있어 금번 고등훈련기 제작이 성공리에 끝날 것이라 낙관하고 있지만, 모든 것이 빨리 이루어지길 바라는 마음은 간절했다.

머지않아 3층 회장실에 도착한 태호는 이 박사로부터 현안에 대한 여러 보고를 받고 몇몇 사항을 지시했다. 그중에는 공격용 미사일은 물론 방어용 미사일 제작에 관한 보고와 지시 사항도 있었다.

아무튼 이렇게 시간을 보내는 사이 준비가 되었다는 한 중역의 말에 태호는 이 박사와 함께 회장실을 나왔다. 곧 관제실 옥상으로 올라간 일행은 중역이 전해주는 망원경을 들고 활주로 끝에 그 웅자를 드러낸 기체 하나를 유심히 주시하기 시작했다.

그러길 얼마.

관제실에서 무어라 마이크로 떠드는 소리가 들리는 것 같더니 활주로에 서 있던 요원 하나가 깃발을 번쩍 들어 올렸다. 그러자 T-50으로 명명된 훈련기가 일시에 빠른 속도로 활주로를 내달리기 시작했다.

그리고 어느 순간 고등훈련기는 활주로를 박차고 하늘로 날아오르기 시작했다. 그렇게 해 하늘 높이 날아오른 훈련기는 일정 시점이 지나자 다시 공장 상공으로 돌아와 여러 비행 궤적을 연출하며 멋진 모습을 보여주었다.

태호는 이 모습을 보고 자신도 모르게 망원경을 목에 걸고 힘차게 박수를 치기 시작했다. 이에 따라 전 수행원은 물론 이 회장 이하 동행한 중역들 또한 손바닥이 아프도록 박수를 치기 시작했다.

*　　　　*　　　　*

FX1차 사업 2차 평가 결과 보잉의 F—15가 후보 기종으로 선정되었다는 발표가 4월 9일 있은 직후인 4월 12일 밤 11시 30분.

깊은 잠에 빠져 있는 태호를 깨우는 울림소리가 있었다. 머리맡에 놓은 휴대폰이 계속 울고 있던 것이다. 이에 태호가 잠이 덜 깬 채로 휴대폰을 들고 일성을 내었다.

"네, 김태호입니다!"

"회장님, 뜻밖의 희소식입니다. 그런데 가격이 좀⋯⋯."

"아, 이 박사님!"

"네, 회장님!"

회장보다는 박사로 불리기를 좋아하는 이진욱 회장의 목소리에 태호가 급히 물었다.

"혹시 팔기로 한 겁니까?"

"네, 회장님. 그런데 헬기 부분만이 아닌 해밀턴선드스트랜드라고, 군용 항공기 설계 및 생산까지 담당하는 회사도 사라고 해서 난처합니다. 부르는 가격도 엄청나고요."

"얼마를 부르는데 그럽니까?"

"시코르스키항공 포함하여 160억 달러를 요구합니다."

"엄청나긴 엄청나군요."

현 환율이 달러당 1,172원이니 1,100원씩만 잡아 대충 계산해도 17조 6천억 원에 달하는 천문학적 숫자가 태호의 머리에 순간적으로 떠올랐다. 그래도 태호는 망설이지 않고 말했다.

"인수 의사가 있다고 전하고 가격을 절충해 보세요. 그리고 벽에 부딪칠 때쯤 되면 다시 전화하세요. 내가 직접 날아가 최종적으로 담판을 짓겠습니다."

"알겠습니다, 회장님."

곧 전화를 끊은 태호가 중얼거렸다.

"돈 벌어서 다 뭐 해. 나라를 위해 좋은 데 쓰지."

이때였다. 자는 줄 알았던 효주가 두 팔로 목을 휘감아오며 물었다.

"무슨 일인데 그래요?"

"응, 미국에 있는 헬기와 전투기 회사를 하나 인수할까 하고."

"인수만 많이 하면 뭘 해요. 기술 확보도 제대로 못 하면서."

"무슨 소리야? 민간항공기 분야 보면 몰라? 곧 시제기가 나올 참이라고."

"그래도 투자한 돈에 비하면 성과가 너무 적은 것 같아요."

"그 말은 나도 인정할게. 하지만 그렇게라도 하지 않으면 스텔스전투기나 민간항공기 개발조차도 요원했을 거라고."

"그건 제가 인정할게요."

"하하하!"

"당신 웃음소리 들으니 잠 다 깬 모양이네요."

"그렇소."

"나도 다 깼는데."

"하하하! 그렇게도 좋아?"

밑도 끝도 없는 물음이었지만 부부지간에는 다 통했다.

"네, 너무도. 당신의 항해 솜씨도 빼어나고."

"후후후! 그러고 보면 육정(肉情)이라는 말이 괜히 생긴 말이 아닌 것 같아."

"뭐라고요? 그럼 나와 육정으로 사는 거예요?"

"나는 당신이 그렇지 않을까 생각하는데."

"전혀 영향이 없다고는 말 못 하겠네요. 그 부분도 일정 부분 영향을 미치는 것 같아요. 이 나이에도 당신의 속삭임만 들어도 가슴이 두근거리는 것을 보면."

"그건 내가 관계를 해도 질리지 않게 계속 변화를 시도해서가 아닐까?"

"인정! 수없이 체위를 바꾸는 것은 기본, 장소와 환경 등을 기습적으로 바꾸어 나를 설레게 하는 것 모두 인정해요. 하지만 기본적으로 우리 부부는 궁합이 너무 잘 맞는 것 같아요."

"물론이지. 기본 궁합이 맞지 않으면 별 재주를 다 부려도 아마 허망한 몸짓일 거야."

"그런 의미에서 우리 뽀뽀."

"하하하!"

웃음 끝에 태호는 벌써 그녀의 얼굴을 감싸 쥐고 있었다.

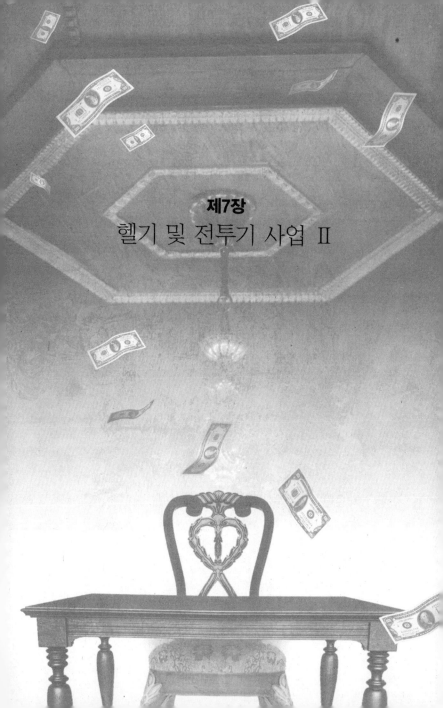

제7장
헬기 및 전투기 사업 Ⅱ

그로부터 사흘 뒤.

태호는 미국 상공을 날고 있었다.

코네티컷 주 하트퍼드를 향해 날고 있는 중이다.

하트퍼드(Hartford)는 미국 동북부에 위치한 코네티컷 주에서도 북부 코네티컷 강 연안에 위치해 있으며, 롱아일랜드 만(灣)에서 61km 떨어져 있는 도시이다.

상공업의 중심지로서 주의 심장부 기능을 하고 있으며, 특히 1794년 이래 보험업이 발달하여 현재 30여 개의 유명 보험 회사가 이곳에 본사를 두고 있어 '보험의 도시'라고도 불린다.

태호가 이곳으로 가는 것은 전에 태호가 언급한 바 있는 거대 기업 유나이티드테크놀로지스(United Technologies Corporation)의 본사가 그곳에 위치해 있기 때문이다.

영문 약자인 UTC(United Technologies Corporation)로 널리 알려진 이 기업은 항공기 엔진을 만드는 회사로 출발해 현재는 전투기, 항공기, 헬기, 엘리베이터 등을 만드는 거대 기업으로 성장해 있었다.

그러니까 자체 기업도 기업이지만 수십 개의 기업체를 합병해 현재는 수십 종의 사업을 진행하는 복합기업으로 성장한 것이다. 복합기업은 여러 대기업이 하나로 연합된 거대 기업체를 뜻한다.

트러스트, 콘체른 등으로 불리기도 한다. 한국에서는 재벌이라는 단어로 해석하면 될 것이다.

아무튼 '세계에서 가장 복잡한 사업 구조를 가진 기업'으로 불리는 제너럴일렉트릭(GE), 또 한때는 생산 품목이 1,000개가 넘어 '잡화 대기업'이라는 별명을 가진 타이코인터내셔널 등이 대표적인 복합기업이다.

UTC는 캐리어(에어컨, 환기 장치, 냉장 시스템), 오티스엘리베이터(승강기, 에스컬레이터, 무빙워크), 프랫앤드휘트니(항공기 엔진, 가스터빈, 로켓), 시코르스키항공(헬리콥터), 해밀턴선드스트랜드(군용 항공기 설계 및 생산), UTC 파이어앤드시큐리티(방재 서비스), UTC파워(발전 시스템) 등 수많은 분야에서 세계 정상을 다투는 계열사들을 거느리고 있는 거대 집단이다.

그러나 정작 UTC에 대해서는 아는 사람이 많지 않아 한때 UTC는 2,000만 달러를 들여 '이곳에서 모든 것을 볼 수 있습니다(You can see everything from here)'라는 광고 문구로 회사를 홍보하기도 한 거대 그룹이다.

이 그룹 중 태호는 이진욱 박사가 언급한 두 개의 회사를 인수하기 위해 현재 하트퍼드 가까이 접근 중이었다. 머지않아 착륙한 태호가 입국장으로 들어서니 이 박사 및 가까운 뉴욕에서 날아온 슐츠 해외총괄본부장 등이 마중을 나와 있었다.

곧 그들의 영접 속에 UTC 본사로 향한 태호는 머지않아 중역들의 환대 속에 로버트 대니얼 회장과 마주할 수 있었다.

"150억 달러 어떻습니까? 그깟 2억 달러에 지금까지 진척된 협상이 결렬되어서야 되겠습니까?"

"허, 그것 참……."

난처한 표정인 대니얼 회장이 그의 좌우로 나란히 앉은 두 중역을 바라보자, 두 중역이 묵시적 동의를 표하는 행동을 했다. 즉, 말없이 고개를 주억거린 것이다. 이에 자신을 얻은 듯 그가 말했다.

"좋습니다. 단 가급적 빨리 이체시켜 주었으면 좋겠습니다."

"원하신다면 오늘이라도 당장 100% 현금으로 드리죠."

"시원시원해서 좋군요. 그렇게 하기로 하고 세부적인 내용을 조율하도록 합시다."

"오케이!"

이로써 태호는 또 하나의 거대 방산 기업체를 수중에 넣었다. 그러나 이것이 결국은 우려하던 일에 봉착했다.

같은 공화당 국무장관 출신 슐츠의 로비에도 불구하고 조지 부시(George W. Bush) 현 대통령에 의해 제동이 걸려 재협상을 하기에 이르렀다. 즉, 미 행정부의 말인즉슨 50 대 50의 합작 기업만이 승인해 줄 수 있다는 것이다.

물론 군사기밀 유출을 우려한 그들의 속내는 삼척동자도 알 수 있는 일. 아무튼 정부의 이런 방침에 태호는 또다시 전방위적 로비력을 동원했다. 지금까지 미국 조야에 퍼부은 돈만도 얼마인가?

매해 공화당과 민주당에 내는 헌금만도 50만 달러씩이고, 이것을 상하원은 물론 각 주 의회까지 행하게 되니 한 해 수천만 달러가 로비 자금으로 들어가고 있는 것이 작금의 현실이었다.

아무튼 태호의 집요하고도 광범위한 로비 덕분인지 경영권을 안전하게 확보할 수 있는 51%까지의 지분 인수는 허용되었고, 이미 이 사안에 대해서도 부시는 의회로부터도 묵시적 동의를 얻은 상태이기 때문에 이때부터의 재협상은 그야말로 일사천리로 이루어졌다.

즉 76억 5천만 달러를 현금으로 지불하고 시코르스키항공(헬리콥터), 해밀턴선드스트랜드(군용 항공기 설계 및 생산) 양 사를 인수할 수도 있었던 것이다. 이렇게 삼원그룹이 이 두 기업을 인수할 수 있던 배경에는 UTC라는 기업 이름 자체가 일반인에게 생소한 것처럼 각인될 만한 뚜렷한 실적이 없어 늘 위태위태한 경영을 해오고 있었기 때문이다.

그러던 것이 요 근래는 아예 정부 발주 물량 자체를 따내지 못했으니 더욱 허덕일 수밖에 없어 결국 매각의 길을 택할 수밖에 없었던 것이다. 아무튼 이렇게 해서 두 기업을 손에 넣자마자 태호는 즉각 인사 조치를 단행했다.

즉, 지금까지 맥도넬더글러스 및 노스롭그루먼 양 사를 잘 이끌어온 해리 스톤사이퍼 회장을 양 사의 회장으로 발령 낸 것이다.

*　　　　*　　　　*

이튿날 바로 미국을 떠나 귀국한 태호는 귀국한 다음 날 바로 대통령과의 면담을 요청했다. 물론 박지원 비서실장을 통해서였다. 태호가 박 비서실장과 통화를 끝내고 난 20분 후

답이 왔다.

오전 10시 30분까지 청와대로 들어오라는 긍정적인 답변이었다. 이에 태호는 정 비서실장만을 대동한 채 청와대로 약속 시간에 맞추어 들어갔고, 두 사람은 곧 박 비서실장의 안내로 대통령 집무실로 안내되었다.

두 사람이 집무실 안으로 들어서자 무언가 서류를 검토하고 있던 대통령이 돋보기를 벗어놓고 의자에서 일어나 두 사람을 맞았다.

"어서 오시오."

"편안하셨습니까, 각하?"

"나야 늘 그렇지, 뭐."

답하며 김대중 대통령이 손을 내밀자 태호는 노정객의 손을 두 손으로 맞잡았다. 곧 정 비서실장과도 악수를 나눈 김 대통령이 자리를 권했다.

"자, 저쪽에 앉으실까요?"

"감사합니다, 각하."

깍듯이 예의를 갖춘 태호와 정 비서실장은 그가 권하는 대로 방 한편에 있는 소파로 가 나란히 앉았다.

그러자 대통령이 그 맞은편에 앉고 박 비서실장은 대통령의 등 뒤에 시립했다. 이 모습을 본 김 대통령이 박지원 비서실장에게 말했다.

"당신도 이쪽으로 와 앉아요."

"네, 각하."

곧 박 비서실장이 대통령 옆에 나란히 앉자 부속실에서 여자 하나가 넉 잔의 차를 들고 나타나 네 사람 앞에 각각 한 잔씩 놓고 나갔다.

"자, 무슨 이야기가 됐든 목부터 적시고 이야기합시다."

대통령의 말에 태호가 잔을 들어 맛을 보니 약간은 매운맛이 나는 생강차였다.

대통령 또한 몇 모금 마시는 것 같더니 상체를 좀 당기며 말했다.

"그래, 내게 하고 싶은 이야기가 뭐요?"

"한국형 헬기 사업에 대해 말씀드리고 싶습니다, 각하."

"한국형 헬기 사업? 참, 이 문제는 어떻게 되어가고 있죠?"

한동안 잊고 있던 듯 대통령이 박 비서실장에게 묻자 그가 즉시 대답했다.

"국방부와 예산처가 정밀 분석한 결과 개발 및 양산 비용만 13조 원 이상이 소요될 것이라는 판단이라 주춤하고 있는 상태입니다. 너무 많은 소요 예산 때문이죠."

"흐흠! 무얼 해도 그놈의 돈이 문제로군. 들었소, 김 회장? 나라 살림이 어려우니 당분간은 어려울 듯한데, 어찌하면 좋겠소?"

"실망입니다, 각하. 무엇보다도 국가 안보가 제일 중요한데, 다른 곳의 예산을 전용하더라도 자주국방이나 경제적 위상을 생각해 자체 헬기가 필요한 시점이 아닌가 합니다."

태호는 여기에서 잠시 말을 끊고 생강차 한 모금을 마신 후 계속해서 자신의 생각을 말했다.

"그를 위해 저희는 기존 아구스타와의 합작사 외에도 며칠 전에는 미국의 유명 헬기사인 시코르스키항공과 해밀턴선드 스트랜드도 인수했거든요."

"그런 소식이 왜 국내에는 일절 보도가 되지 않았소?"

"이를 요란하게 떠들면 떠들수록 우리 그룹이나 국익에 전혀 도움이 안 되므로 그룹 홍보실에서 보도 자제를 요청한 결과입니다."

"흐흠! 그렇군. 김 회장은 그렇게 애를 쓰는데 우리가 보답을 하지 못해 어쩌지요?"

여전히 부정적으로 나오는 김 대통령의 말에 태호는 차선을 선택하기로 하고 다시 입을 열었다.

"정 그렇다면 공격헬기와 기동헬기 한꺼번에 모두 개발할 것이 아니라 우선 기동헬기만 개발하는 것은 어떻습니까? 기동헬기는 공격헬기와 달리 조금만 개조한다면 민간의 소방, 의료, 산불 감시, 구난, 수송 등 여러 파생 상품도 많이 양산할 수 있으므로 사업성이 큰 장점이 있으니까요."

"그래요? 그렇다면 그건 한번 검토해 볼 만하군. 예산도 절반이면 될 것 아니오?"

"그렇습니다, 각하."

"좋아요. 김 회장의 말대로 그렇게 하는 방향으로 검토해 지시를 내릴 테니 시간을 좀 줘요."

"감사합니다, 각하."

이렇게 되어 태호는 비록 절반이지만 자신의 뜻을 관철하고 대통령 집무실을 나올 수 있었다.

그로부터 2개 후.

정부는 태호의 의견대로 기동헬기부터 개발하기로 하고 관련 예산까지 확보하기 시작했다.

즉 2009년부터 국산 헬기로 대체하기 위한 한국형 헬기 사업(KHP)이 원역사보다 2년 빨리 시작된 것이다. 개발비와 생산비를 포함해 총 5조 원가량의 사업비가 소요될 것이라는 예상 속에 국산 헬기 개발 사업의 서막이 오른 것이다.

이렇게 해 탄생한 헬기가 수리온이다. 수리온은 독수리의 '수리'와 100이란 뜻의 순 우리말 '온'의 합성어로, 독수리의 용맹함과 국내 100% 제작이라는 뜻을 지니고 있었다. 이 명칭은 2007년 4월 실시된 KUH 명칭 공모를 통해서 2007년 7월 최종 결정됐다.

한국형 헬기사업(KHP: Korean Helicopter Program)에 의해

개발된 첫 한국형 기동헬기(KUH: Korean Utility Helicopter)로 1조 3,000억 원의 개발 비용이 투입됐다.

수리온은 개발에 착수한 지 38개월 만인 2007년 7월 31일 경남 사천의 삼원항공우주산업(SAI) 공장에서 출고됐다.

이로써 한국은 독자적으로 헬기를 개발한 세계 11번째 국가가 됐다.

한반도 전역 산악 지형에서 작전 가능하게 설계된 수리온은 분당 150m 이상의 속도로 수직 상승할 수 있어 2,700여 미터 상공에서도 제자리 비행이 가능하고 게처럼 옆으로 날거나 후진 비행 및 S자 형태의 전진 비행도 가능했다.

또한 승무원을 제외한 완전무장 병력 9명을 태우고 최대 140노트 이상의 속도로 날 수 있으며, 영하 32도에서도 운용이 가능했다.

아울러 적의 휴대용 지대공미사일, 레이저, 미사일 등에 대한 경보수신기를 장착함으로써 미리 회피 가능하며 채프, 플레어(미사일 기만 물체) 발사기도 갖췄다.

또 수리온은 군용·관용·민간용 헬기로 의무 후송, 해상 후송, 재난 구조, 수색 등 다목적으로 활용할 수 있었다. 군(軍)에서 30년 이상 운용해 온 노후 헬기인 UH—1H, 500MD 등을 대체하게 될 수리온은 2008년 6월 초도비행 기념식을 가졌다.

이후 2010년 후속 비행 시험을 거쳐 2010년 12월 18일 육군에 처음 인도되었다. 2017년 9월 현재 100여 대가 배치돼 있는데, 군은 수리온 헬기 200대 생산을 목표로 하고 있다.

그리고 삼원에서 개발한 이 수리온은 명칭은 같지만 원역사의 수리온과 달리 실전 배치된 후에도 아무런 말썽이 일어나지 않았다. 이는 삼원이 인수한 시코르스키항공과 합작사인 아구스타의 기술이 접목된 결과였다.

그리고 한국이 자체 기술로 개발한 국내 최초의 초음속 비행기로 정식 명칭은 'T—50 고등훈련기', 별칭 골든이글(검독수리)은 2002년 8월 첫 공개 비행에 성공하고 2003년 2월 19일 초음속 돌파 비행에 성공했다.

이후 내구연한 25년을 검증하기 위하여 내구성 시험을 완료하고 2005년 대량 생산을 시작하였다. 이로써 한국은 자체 기술로 초음속 비행기를 개발한 12번째 국가가 되었다.

이 훈련기는 F—15A, F—16, F—22 등 전투기의 조종 훈련을 목적으로 설계되었고, 고도의 기동성을 자랑하는 디지털 비행 제어 시스템과 디지털 제어 방식의 엔진, 견고한 기체 및 착륙 장치 등을 장착하고 있어 같은 급의 훈련기 가운데에서는 최고의 성능을 지닌 것으로 평가받는다.

2003년 말 성능 평가를 거쳐 국방부의 최종 승인을 얻었으며, 2005년 12월 1호기가 생산되었다. 2007년부터 정예전투조종사 교육에 활용하였고, 이후 2010년 50호기가 공군에 인도되었다.

2011년 5월 인도네시아와 총 16대의 수출 계약을 체결하여 미국, 러시아, 영국, 프랑스, 스웨덴에 이어 세계 6번째 초음속 항공기 수출국에 진입하였다. 이 외에도 현재 T—50 계열 항공기를 도입 중이거나 운용하는 국가는 이라크, 필리핀, 태국 등 총 4개국이다.

필리핀에 수출된 FA—50을 비롯해 각국 공군의 요구 사항에 맞게 T—50i(인도네시아), T—50IQ(이라크), T—50TH(태국)로 개조돼 총 56기의 항공기가 수출됐다.

문제는 미국의 ATP 사업이다. 미 공군의 주력 훈련기인 T—38C가 45년째 사용되면서 노후화가 심해짐에 따라 미 공군과 해군이 사용할 고등훈련기 약 1,000대를 두 차례에 걸쳐 교체하는 사업으로, 규모가 최대 38조 원에 달해 4개국이 입찰에 응한 결과 2017년 말에 결론이 났다.

미국의 록히드마틴과 손을 잡은 한국, 즉 삼원그룹이 이 대전에서 승리한 것이다. 이는 문 대통령과 트럼프 대통령과의 첫 정상회담에서 양국 정상 간 만찬과 회담을 진행하는 자리에서 한국 정부가 미국 전투기를 더 구매하는 대신 양국 협력사업인 고등훈련기를 미국 측이 구매할 의사가 있는지 타진한 작전이 주요한 결과였다.

문재인 대통령이 도널드 트럼프 미국 대통령에게 미국산 전투기 F—35를 추가로 20대 구입하겠다는 의사를 밝히고, 대신 미국과 우리나라가 공동 개발한 초음속 고등훈련기를 미 공군이 사는 방안을 제안한 것이 먹힌 것이다.

이에 따라 미 공군 350대 외에도 미 해병, 해군 등 여러 군 분야에서 총 1,000여 대를 공급하는 사업권을 따냄으로써 천문학적 금액인 38조 원의 수입 외에도 타국 수출에도 유리한 고지를 점할 수 있게 되었다.

이렇게 자랑스러운 T—50의 제원은 길이 13.4m, 너비 9.45m, 높이 4.91m, 최대 속도 마하 1.5, 이륙 중량 1만 3,454kg, 실용 상승 고도는 1만 4,783m다.

다시 2002년 시점으로 돌아와 정부로부터 기동헬기 개발에 필요한 관련 예산을 확보 받고 T—50의 시범 비행을 무사히 마친 태호는 이제 자체 차세대 전투기 개발과 미사일 개발로 시선을 돌렸다.

이를 위해 태호는 몇몇 사장 및 회장들에게 연락을 취하도록 했다.

그로부터 사흘 후.

태호는 일단의 수행원을 데리고 제주도로 날아갔다.

약 한 시간의 비행시간 끝에 제주공항에 착륙한 태호는 대기 중인 승용차에 올라 서귀포 삼원호텔로 향했다.

머지않아 삼원호텔에 도착한 태호는 미리 와 있던 5인의 영접을 받았다.

밥 스티브 맥도넬더글러스 항공 사장, 켄트 크레사 노스롭 그루먼 방산 사장, 얼마 전 인수한 시코르스키항공, 해밀턴선 드스트랜드를 관장하는 해리 스톤사이퍼 회장, 여기에 삼원의 합작법인인 이스라엘 최대 방산 업체 이스라엘항공산업(IAI)— 삼원 사장 에르가르 케레트(Ergar Keret), 끝으로 한 명은 삼원 항공우주산업의 이진욱 회장 등이다.

곧 그들과 일일이 악수를 나눈 태호는 곧장 이들과 함께 엘리베이터를 타고 최상층에 위치한 로열스위트룸으로 이동했다. 태호를 선두로 일행이 문을 열고 들어가니 사전 지시에 의해 회의를 할 수 있게끔 모든 준비가 완료되어 있었다.

곧 실내로 들어온 태호가 장방형 테이블의 중앙에 앉자 정비서실장을 포함하여 6인이 각각 세 명씩 눈치껏 나누어 앉았다. 더 정확한 표현은 친소 친소라는 표현이 맞을 것이다.

미국인 3인이 태호 좌측에 나란히 앉고 반대편에는 이진욱, 정태화 비서실장과 IAI의 에르가르 케레트 사장이 앉았으니까. 아무튼 이미 준비된 생수 한 병을 따서 목을 축인 태호는 잠시 6인을 바라보다 입을 떼었다.

"나는 최소한 F—22나 F—35에 버금가는 전투기를 만들고 싶소. 또한 적의 미사일을 요격할 수 있는 다층방어용 미사일도 생산하고 싶소이다. 따라서 이에 대한 활발한 토론을

벌이되 먼저 전투기에 대해 이야기해 봅시다. 내가 봤을 때 비록 Y−22(F−22)에 패하긴 했지만, 노스롭그루먼이 제작한 Y−23은 더 뛰어난 성능을 지닌 스텔스전투기로 알고 있소. 그러나 문제는 가격이겠지요. 따라서 이 부분을 고려해 항공기 설계가 전문인 해밀턴선드스트랜드가 협조한다면 보다 싸면서도 고성능의 스텔스전투기를 생산할 수 있을 것으로 보는데 어떻게 생각하오."

여기서 태호가 말한 Y−23은 Y−22와의 경합에 패하여 잊힌 불운의 개발기체였지만 최첨단을 달리는 신개념의 전투기였다. 특히 스텔스 기능면에서는 타의 추종을 불허했고, 동원될 수 있는 최첨단 기술은 모두 동원된 가장 막강한 전투기였다.

Y−23에는 추력 편향 노즐이 장착될 정도로 최첨단 전투기였으나 가격과 기동성, 또 더 안정정인 기체 모형이었기 때문에 패했다고 일반적으로 알려졌다. 하지만 실제는 록히드마틴의 로비력에 밀려 패했다는 설도 있는 것으로 보아 Y−23이 최소한 Y−22 랩터보다 못하지 않은 기체라는 것은 알 수 있을 것이다.

아무튼 태호의 말에 켄트 크레사 노스롭그루먼 사장이 말했다.

"문제는 판로입니다. 기존 2대의 기체까지 제작되었다지만,

개량을 한다면 연구비와 시간이 투자되어야 할 것인데다 막상 좋은 기체를 만들 수 있다 해도 판로가 없다면 망하는 지름길 아닙니까, 회장님?"

태호가 답했다.

"만약 우리가 F—35보다 저렴한 가격에 더 뛰어난 성능을 구현해 낼 수 있다면 판로는 얼마든지 있다고 보오. 따라서 판로는 내가 뚫을 테니 당신들은 그렇게 만들 수 있는지만 생각하면 되오. 어떻소? 가능하겠소?"

"5~6년의 시간만 주신다면 충분히 가능하다고 생각합니다."

캔트 크레사의 말에 태호가 잘라 말했다.

"3~4년 어떻소?"

"시제기까지 만드는 데는 최소한 그 정도 시간은 잡아야 합니다, 회장님."

"좋소, 시제기까지라면 더 이상 기간에 대해서는 말하지 않겠소. 다른 문제는 없겠지요?"

태호의 말에 해리 스톤사이퍼가 말했다.

"제작을 한다면 그것이 아무래도 미국에서 제작되어야 할 것인데, 이걸 미 정부나 의회가 다른 나라에게 판매를 용인하느냐 하는 문제도 따져봐야 할 것 같습니다."

"F—35도 수십 개 나라의 판매가 허용되었는데 우리가 만든 기체라고 해서 허용이 안 된다면 이상한 일이지요. 안 그렇소?"

"그렇긴 합니다만, 좀 찜찜하기는 합니다."

"지금부터 전 방위적 로비력을 동원해 그 관문도 뚫기로 하고 다음은 미사일 문제로 넘어갑시다. 고고도, 중고도, 저고도, 삼단 방어 시스템을 채택하여 개발하되 이를 위해 삼 개사의 새로운 합작사를 설립하는 것이 좋겠습니다. 노스롭그루먼, IAI, 그리고 한국의 SAI 등이 참여하는 별도 기업을 만들되, 노스롭그루먼과 IAI는 사전에 각 나라의 미사일방어청의 승낙을 획득해 각국에 판매하는 데 지장이 없도록 합시다."

태호의 말에 IAI 사장 에르가르 케레트가 발언했다.

"회장님 말씀대로라면 전투기도 같은 방법을 채택하는 것이 어떻겠습니까? 3국의 합작사를 별도로 설립하고 미리 미 정부나 의회의 승인을 얻어 각국에 판매할 수 있도록. 그렇게 하면 이스라엘 정부도 F—35를 구매하지 않고 Y—23을 구매할 가능성이 크다고 봅니다."

"흐흠!"

태호가 침음하며 생각에 잠겨 있는데 이진욱 회장이 말했다.

"그렇게 되면 개발기체부터 근본적으로 재검토해야 합니다. F—22는 어떤 국가에도 수출을 불허하고 있으니 F—35 정도의 기체를 만든다면 미 정부나 의회도 형평성의 원칙에 따라 타국 수출을 막을 수는 없을 것입니다."

"이래서 한 사람의 똑똑한 사람보다 여러 명이 모인 범인 집합체가 낫다고 하는지도 모르겠소. 이 회장의 발언이 매우 합리적인데 여러분의 의견은 어떻소?"

"제가 보기에도 가장 합당한 방안이라고 봅니다."

지금까지 말이 없던 밥 스티브 맥도넬더글러스 사장의 말에 모두 고개를 주억거리자 태호 또한 그렇게 확정하기로 하고 결론을 지었다.

"전투기 미사일, 공히 삼 개 합작사를 세우는 것으로 하되 개발 과정에서 부족하다 생각하면 타 기업도 인수를 하든지 끌어들이는 것으로 해서 최대한 빨리 개발하는 것으로 합시다. 그 대신 미 정부와 의회로부터 라이센스(License: 면허생산) 권까지 따내 제3국 판매에 지장이 없도록 로비에 총력을 기울이도록 합시다. 더하여 드론 개발도 IAI 사장께서는 박차를 가하여 주셨으면 감사하겠습니다."

"알겠습니다, 회장님."

모두 이구동성으로 답하자 태호는 만족한 미소를 짓고 모인 면면을 차례로 둘러보았다.

여기서 태호가 노스롭그루먼과 IAI만으로도 미사일 개발이 가능하다고 본 이유는 다 그만한 근거가 있기 때문이다. 노스롭그루먼 사는 MX(Missile Experimental), 즉 대형 핵미사일인 피스키퍼(Peacekeeper)라는 미국의 전략미사일을 개발하는 회사이기도 하기 때문이다.

길이 21.6m, 지름 2.34m, 무게 88,450kg. 미니트맨형 미사일을 대체할 신형 대륙간탄도미사일(ICBM)이다. 미국이 배치 중인 미니트맨 Ⅲ형에 비해서 명중도 위력이 우수한 고성능의 미사일이다.

탄두는 다탄두독립목표재돌입탄도탄(MIRV) 방식으로 10개의 탄두가 장착되며, 미사일이 발사되어 목표에 도달하면 탄두 덮개가 벗겨져 10개의 탄두가 제각기 목표를 향하여 날아간다.

탄두 1개의 파괴력은 330kt(TNT 화약 33만t), 즉 히로시마에 투하된 원자폭탄의 약 16.5배의 위력을 지닌다. 유도 방식은 관성 유도 방식이다. MX의 최대 장점은 높은 명중도로, 유도 장치의 개량에 따라서 각 탄두는 제각기 목표로부터 반지름 140m 이내에 명중한다.

ICBM의 명중 정도는 CEP(Circular Error Probability)로 표현되며, 이것은 탄두가 목표의 중심으로부터 50%의 확률로 반지름 몇 미터 이내에 떨어지느냐를 뜻한다.

예를 들어 CEP=180이면 '50%의 확률로 반지름 180m의 원 안에 명중한다'는 뜻이다. CEP=140으로의 축소로 1발의 MX

가 미니트맨 Ⅲ형 2~3발분에 상당하며, MX의 탄두 수는 미니트맨 Ⅲ형의 3배 이상이므로 MX 1기(基)의 배치는 미니트맨 Ⅲ형의 10기분에 해당한다.

다른 장점은 발사대를 이동시켜 발사 지점을 바꿀 수 있다는 점이다. 따라서 지금까지의 지하미사일보다 적의 공격으로부터 살아남을 가능성이 크다고 볼 수 있다.

또 이스라엘 IAI사는 애로우—2 및 애로우—3을 개발 중인데, 이 중 애로3 미사일 체계는 사거리 1,000~2,000㎞의 중거리 탄도미사일을 겨냥하며, 대기권 밖까지 날아가 미사일을 요격하는 무기이다.

여기에 애로우—2 미사일은 300~1,000㎞의 탄도미사일을 요격하도록 되어 있는 미사일을 개발 중이고, 실제 원역사에서는 모두 성공하는 업체이므로 양 사가 합작을 하고 자체 기술 확보에 총력을 기울여 온 삼원항공우주산업까지 가세한다면 능히 다층 방어 미사일을 개발해 낼 수 있다고 태호는 판단한 것이다.

이렇게 자체 차세대전투기와 미사일 개발을 하겠다는 전략적 판단을 이끌어낸 태호는 이후부터는 어떻게 하면 이를 무난하게 생산, 판매할 수 있을 것인가에 대한 세부 전술 토의에 들어갔다.

이렇게 시작된 논의가 장장 세 시간 동안 이어져 모두 배고

파하자 태호는 룸 안으로 식사를 배달시켜 가며 계속 논의를 이어가 회의 시작 6시간 만에 세부 전술 토의도 마쳤다.

곧 태호는 이들에게 며칠 쉴 것을 권하고 자신은 다시 서울로 돌아왔다.

*   *   *

다음 날 태호가 출근을 하니 전자 사장 설천량과 부사장 김준무가 전자 부분을 보고하기 위해 태호의 집무실을 찾아들었다. 먼저 보고를 한 사람은 독일 광부 출신으로 네덜란드 필립스사에도 근무한 경력이 있는 부사장 김준무였다.

그의 보고인즉슨 필립스사와 소니가 공동으로 개발하는 DVD 사업 부분에 15%를 투자해 뒤늦게 뛰어들었지만, 오늘날 그것이 결실을 거두어 시장에서 큰 성공을 거두고 있다는 이야기였다.

삼자가 공동으로 개발한 이 DVD는 기존의 콤팩트디스크, VHS, 레이저 디스크 등을 대신할 차세대 제품으로 CD와 외형이 유사하지만 데이터 저장 용량은 10배 이상 높은 실용적인 모델이었다.

삼사가 공동으로 개발한 이 DVD는 비슷한 시기에 DVD를 출시한 워너브라더스(Warner Bros Pictures Inc, 미국의 영화 배

급사)와 도시바(Toshiba, 일본의 전자제품 업체) 등과의 경쟁을 제치고 선두 주자가 되었다.

이로 인해 삼사는 DVD 판매 규격 시스템 구축의 표준을 제공했으며, 할리우드(Hollywood)의 영화들을 DVD 규격으로 판매해 큰 성공을 거두고 있다는 보고였다. 이에 이어 설천량이 보고했다.

2001년, 즉 작년에 출시된 MP3 플레이어(휴대용 디지털 음악 재생기)가 시장에 큰 반향을 일으키고 있다는 보고였다. '아이팟(iPod)'라고 작명된 이 MP3는 플래시메모리에 음악 파일을 저장하던 대부분의 기존 MP3 플레이어와 달리 하드디스크를 사용, 훨씬 많은 음악 파일을 저장할 수 있었고 미려한 디자인과 직관적인 조작법까지 갖춰 화제를 모으고 있다는 것이다.

아이팟이 인기를 끈 가장 큰 이유로 설천량은 하드웨어가 아니라 소프트웨어에 있다고 했다.

개인이 직접 CD에서 추출하거나 불법 다운로드로 음악 파일을 얻어야 하던 기존 MP3 플레이어와 달리 아이팟은 '아이튠즈 스토어(iTunes Store)'라는 전용 음악 판매 서비스와 결합, 이용할 수 있는 콘텐츠의 질이나 양 면에서 다른 MP3 플레이어를 압도했으며, 덕분에 폭발적인 인기를 끌 수 있었다는 보고였다.

이어 그는 아이팟의 장래 계획까지 보고했는데 오리지널 아이팟의 소형 버전인 아이팟 미니(iPod mini, 현재의 아아팟 나노), 잘 쓰지 않는 기능을 제거하고 가격을 낮추고 휴대성을 극대화한 아이팟 셔플(iPod shuffle) 등을 연이어 내놓을 계획이라고 했다.

이 또한 공전의 히트를 기록하며 아이팟이 MP3 플레이어의 대명사가 된 것은 채 3년이 지나지 않아서였다.

제8장
꿈을 공유하다 I

유유히 흐르는 세월은 세모를 맞는 것 같더니 어느새 새로
운 달력이 집집마다 내걸렸다. 2003년 1월 1일. 신정을 맞아
태호는 모처럼 집에서 하루를 쉬며 달력을 바라보고 있는 중
이다.

산수화가 그려진 월별 달력으로 그룹 자체에서 홍보 차원
에서 나누어 준 달력을 하나 안방 벽에 건 것이다. 지금이야
집집마다 여러 장의 달력이 있지만, 자신이 어릴 때만 해도 달
력은 정말 귀한 존재로 집 안에 딱 한 장이었다.

당시의 군(郡) 현역 국회의원이 집집마다 돌린 달력으로 한

장에 열두 달이 다 들어 있는 달력이 유일했던 것이다. 그렇게 물자가 귀하던 시절을 생각하면 격세지감을 금할 수 없는 태호가 물끄러미 달력을 바라보고 있는데 방문이 열리며 효주가 들어왔다.

"무슨 생각을 그렇게 하고 계세요?"

"응, 그냥 달력 보고 있어."

"식사하셔야죠."

"지금이 몇 시야?"

"10시 조금 넘었을걸요."

"아침이 너무 늦는 것 아니야?"

"상 두 번 차리게 하지 않으려고요. 아이들이 깨워도 영 일어나질 않으니……"

"어느 녀석이 그래?"

"잘난 아들이죠. 요즈음은 통 내 말을 듣질 않아요."

"벌써 사춘기인가?"

"그런가 봐요."

"요즘 아이들은 사춘기도 빨리 오는 것 같아."

"그래요. 아무래도 우리 어릴 때와는 섭취하는 영양이 달라서 그런가 봐요."

"그럴 수도 있겠군."

두 사람의 이야기대로 아들 영창은 금년 열두 살로 5학년이었다.

그리고 맏딸 수연은 열여섯 살로 고1이었다. 남매지간의 나이 차이는 네 살이지만 수연은 오진 살이라 일곱 살에 학교를 들어갔고, 아들은 여덟 살에 학교를 들어간 관계로 학년은 5년이나 차이가 났다.

"그러고 보니 오늘이 수연이 생일이군."

"이제라도 기억하셔서 다행이에요."

"하하하! 사람 면목 없게 만드는군."

"오늘 아이들 데리고 외식 한번 하러 나가죠?"

"할머니 댁에나 놀러 갈까?"

"또? 놀러 간다는 것이 툭하면 할머니 댁이니 아이들 누가 좋아하겠어요?"

"할머니, 할아버지가 제 놈들을 얼마나 귀여워하는데."

"아이들이 그걸 아나요."

"참, 전화는 드렸어?"

"네. 일찍 양가 모두 드렸어요."

"그럼 외갓집은 어때?"

"다 귀찮다고 오지 말래요."

"정말 그러셨어?"

"네. 아무래도 모처럼 쉬는데 편히 쉬라고 공연히 하신 말씀 같아요."

"내 생각도 그래."

이때 노크 소리가 들리는 것 같더니 문이 열렸다.

"식사 안 하세요?"

맏딸 수연이다. 16세가 되어서인지 이젠 완연히 소녀티를 넘어 아가씨티가 났다. 어미보다는 아빠를 많이 닮았지만 태호 또한 한 인물 하는지라 벌써부터 길거리 캐스팅을 몇 번 당했다고 한다. 물론 친구들과 어울려 다니다가 말이다.

"생일 축하한다."

"선물 없어요, 아빠?"

"응, 나가서 사주마."

"그럼 외식하러 나가요?"

"그래."

"아이, 좋아라!"

"좋긴 뭐가 그렇게 좋아? 엄마랑 가자면 귀찮다고 안 가는 녀석이."

"흥! 아빠랑 엄마랑 같나, 뭐?"

"저렇다니까요. 언제부터인가 저 녀석은 아빠만 좋아한다니까요."

"엄마도 좋아. 잔소리만 안 하면."

"뭐?"

"하하하!"

수연의 말 때문에 태호가 대소를 터뜨리자 멍한 표정이던 효주가 급히 주먹을 치켜들고 딸에게 달려가고 수연은 이를 피해 달아났다. 이를 보고 태호는 다시 한번 대소를 터뜨리며 방 안을 벗어났다.

곧 태호가 식탁으로 가니 아직 아들 영창이 보이지 않았다. 효주와 수연만 있는 것이다. 가정부도 있었지만 그녀는 어렵다고 함께 식사를 하지 않고 늘 따로 했다. 그러지 말라고 해도 계속 그러니 이제는 포기한 지 오래되었다.

"내가 데려올게."

"아니에요. 제가 데려올게요."

효주가 얼른 일어나 2층의 아들 방으로 향하자 태호는 식탁에 앉아 미역국을 한 숟가락 떴다. 그리고 밥 한 술을 떠 입에 넣는데 수연이 물었다.

"아빠, 선물은 뭐 사주실 거예요?"

"필요한 게 있으면 말해봐라."

"현찰로 주세요."

"뭐?"

"용돈이 너무 적으니 보충해야죠."

"10만 원이 적어?"

"보통 집 아이들도 그 정도는 받는다고요."

"누가 그렇게 많은 용돈을 받아?"

"쳇! 아빠는 뭘 모르시네. 요사이 고등학생들 사이에서 한 달 10만 원은 결코 큰 용돈이 아니라고요."

"그래?"

"주변 누구를 붙들고 물어보세요. 그 돈이 큰돈인가."

"아빠가 어릴 때부터 강조한 것이 검약 아니냐? 그러니 돈 무서운 줄 알고 아껴 써."

"얼마 주실 건데요?"

"5만 원!"

"에계! 아빠 정말 세계적으로 잘나가는 대기업 총수 맞으세요? 너무 짜요."

"단단한 땅에 물이 고이는 법이야."

"아빠, 제가 양보할게요. 7만 원만 주세요."

"정말이냐?"

"더 주시게요?"

"아빠도 간만에 점수 좀 따자. 10만 원 줄게."

"감사해요, 아빠! 미리 인사드릴게요."

정말 수연이 자리에서 벌떡 일어나 공손히 머리를 조아렸으므로 태호는 그런 딸의 모습을 보며 즐거운 웃음을 매달았다. 이때 강제로 끌고 오는 듯 효주가 영창의 등을 떠밀며 오자 태호가 그런 아들을 보고 호통을 내질렀다.

"뭐 하는 놈인데, 밥 먹으라는 데 그렇게 힘을 들여?"

"들어간 지가 언제인데 아직도 씻고 있더라고요."

"그 청결 강박증은 아직도 못 버린 거야?"

"누굴 닮아서 그런지 원……."

효주의 말에 태호가 한소리 했다.

"당신도 깔끔 떠는 편이잖아?"

"쳇, 아니라고는 말 못 하겠네요."

"자, 밥이나 먹자고."

"네."

곧 효주와 영창까지 식탁에 둘러앉아 식사를 하는데 효주가 아들에게 물었다.

"우리 외식하러 갈 건데, 아들, 너도 가야지?"

"저는 안 가요."

"왜?"

"그냥 집에 있을래요."

아들의 말에 효주가 영창의 귀에다 대고 물었다.

"아들, 게임하려고 그러지?"

"알면서 왜 물어요?"

아들의 퉁명스러운 말에 태호가 대뜸 호통을 쳤다.

"이 녀석이 무슨 말버릇이 그래!"

"내버려 두고 어서 식사나 하세요."

효주의 만류에 그때부터는 식사를 하는 내내 집 안이 절처럼 조용했다.

이날 오후.

태호는 아내 효주와 딸 수연을 데리고 집을 나섰다. 물론 약속한 용돈 10만 원은 미리 주었다. 그리고 딸의 요청에 따라 세 사람은 몇 년 만에 극장을 찾았다.

'클래식'이라는 제목의 영화로 딸이 좋아할 만한 청춘 멜로물이었다. '엽기적인 그녀'로 유명해진 곽재용 감독이 메가폰을 잡은 영화로 손예진과 조인성 주연이었다.

지혜(손예진)와 수경(이상인)은 둘 다 대학 선배인 상민(조인성)을 좋아하고 있었다. 하지만 수경이 상민에게 보낼 편지 대필을 부탁하는 바람에 지혜는 수경의 이름으로 상민을 향한 자신의 감정을 고백할 수밖에 없었다.

어느 날 지혜는 해외여행 중인 엄마의 빈자리를 털기 위해 다락방을 청소하다가 엄마의 비밀 상자를 발견하고 엄마도 자신과 똑같은 사랑을 했음을 알게 된다.

1968년 여름, 방학을 맞아 시골에 내려온 준하(조승우)는 그곳에서 성주희(손예진)를 만나 서로 사랑하는 사이가 되었으나, 방학이 끝나고 학교로 돌아와서 가장 친한 친구인 태수(이기우)에게 연애편지의 대필을 부탁받는다.

그런데 그 상대가 바로 그가 사랑하는 주희였다. 태수에게 이를 말하지 못한 준하는 태수의 이름으로 자신의 마음을 담아 주희에게 편지를 쓰게 된다.

엄마와 자신의 묘하게도 닮은 첫사랑. 이 우연의 일치에 지혜는 더욱 그에 대한 그리움이 간절해진다.

대충 이렇게 시작된 영화가 끝은 새드 엔딩으로 끝나는 바람에 태호는 두 여자 사이에서 아주 곤욕을 치렀다. 극장에 환하게 불이 들어왔는데도 울고 있는 모녀 때문이다.

*　　　*　　　*

이렇게 남과 다를 것 없는 평범한 가정사지만 출근만 하면 대기업의 수장으로서 태호는 매일매일 바쁘게 보내야 했다. 그렇게 1월도 가고 삼 일을 쉬게 된 설의 마지막 날인 2월 2일 오후였다.

고향에 가 차례를 지내고 막 올라와 쉬려고 하는데 효주가 안방 문을 열고 들어와 말했다.

"바둑기사 조훈현 씨가 찾아왔다는데 어찌할까요?"

"그래? 얼른 들여보내."

"네."

답한 아내가 문을 닫고 나가자 태호는 얼른 평상복으로 갈아입고 거실로 나갔다. 그러자 얼마 후 열어놓은 현관문 안으로 들어서는 사람이 있었다.

바둑황제로 불리는 조훈현 국수였다. 태호 자신이 알기에 금년 51세밖에 되지 않은 조 국수지만, 치열한 승부 세계의 다툼 때문인지 벌써 머리가 반백이었다.

"어서 오세요, 국수님!"

"회장님도 저를 알고 계셨습니까?"

"바둑 좋아하는 사람치고 조 국수님 모르는 사람이 어디 있습니까?"

"회장님이 바둑 좋아하신다는 소문 듣고 찾아왔으나, 정초부터 실례가 아닌지 모르겠습니다."

"별말씀을요. 자, 이쪽으로 앉으실까요?"

"감사합니다, 회장님."

곧 태호가 권한 거실 소파에 앉은 조 국수를 따라 자신도 맞은편에 앉은 태호가 막 무어라 말을 하려는데 효주가 식혜 두 잔을 탁자 위에 올려놓으며 말했다.

"이이 고향에서 가져온 식혜입니다."

무어라 더 말을 하려는 효주를 일단 제지한 태호가 조 국수에게 그녀를 소개했다.

"내자입니다, 국수님."

"아, TV에서 몇 번 뵙긴 했으나 실물로 보니 더욱 아름다우십니다."

"감사합니다. 맛있게 드세요."

"네."

효주가 물러가자 식혜를 입으로 가져가며 조 국수가 물었다.

"어찌 사모님이 직접……."

"아, 설이니 가정부 아주머니도 설 쇠라고 보냈습니다."

"그래서 그렇군요."

고개를 끄덕이던 조 국수가 이내 반쯤 식혜를 비우더니 내려놓고 말했다.

"회장님께 청이 있어 외람되지만 정초부터 찾아뵈었습니다."

"무슨 말씀이든 편하게 하세요."

태호의 말에도 말하기 어려운지 잠시 뜸을 들이던 조 국수가 살짝 입술을 깨무는 것 같더니 빠르게 자신의 말을 쏟아내기 시작했다.

"우리 바둑계에는 삼성화재배나 LG배, 세계기왕전 등의 세계 기전이 있으나, 이 두 그룹보다 훨씬 더 잘나가는 삼원그룹에서 출연하는 바둑대회가 없는 점은 좀 서운합니다."

"그렇군요. 저도 바둑을 매우 좋아했으나 사업에 발을 들인 이래로 언제 바둑을 두었는지 그 기억이 가물가물하군요. 좋습니다. 얼마를 출연하면 될까요?"

"잘 아시겠지만 응씨배 같은 경우는 상금만 해도 한화 3억 원이 넘습니다. 삼원그룹 하면 이제 세계 초일류 기업으로 세계인 누구나 이름만 대면 다 아는 처지인데 상금도 그에 걸맞은 위상을 보여줘야 하지 않을까요?"

"하하하!"

대소를 터뜨린 태호가 갑자기 안색을 굳히고 말했다.

"곤란합니다."

"네?"

"하하하! 그냥은 안 된다는 말입니다."

"그럼……?"

"조 국수님께서 지도 대국이라도 몇 번 해주셔야……."

"아, 그 정도라면 얼마든지 응해드리겠습니다."

"좋습니다. 회당 상금 규모는 5억 원으로 하겠습니다."

"우승자에게만 말이죠?"

"그렇습니다."

"우와! 그렇게 되면 바둑올림픽이라는 응씨배보다 몇 배 더 큰 규모의 대회가 매해 열리게 되는군요."

"그렇게 되겠지요."

"감사합니다! 감사합니다, 회장님!"

자리에서 벌떡 일어나 수없이 고개를 조아리는 조 국수를 피해 태호도 벌떡 일어나 등을 돌렸다. 당연히 그의 절을 받지 않기 위함이다.

"참으로 후생들을 위해 좋은 일을 하셨습니다. 바둑계의 오랜 숙원이 풀렸습니다. 아직도 바둑 하나만 가지고 살기에는 많은 기사들이 힘들어하는 것이 현실이니까요."

"그렇습니까?"

"네."

"흐흠……."

잠시 생각하던 태호가 말했다.

"제 생각에도 상위 기사들은 먹고사는 데 지장이 없겠으나 중견 기사들부터는 아무래도 힘들어하는 것 같으니 1년 내내 진행하는 리그제 같은 것은 어떻겠습니까?"

이 대목에서 태호는 조 국수가 확실히 알아듣지 못한 것 같아 보충 설명을 했다.

"에를 들면 한 팀당 5명이라든가 하여튼 10명 이내로 십 개 이상의 팀을 만들어 1주일에 삼사 일 정도 열리는 기전을 하나 만드는 것입니다. 그리고 그때그때 이기는 사람에게는 더 많은 상금을 지급하는 등의 제도를 마련하면 도움이 좀 될 것 같은데 말입니다."

"정말이십니까, 회장님?"

"기왕 바둑에 투자하는 것, 도움이 되고 싶습니다."

"역시 세계의 수장은 배포부터가 남다르십니다. 하하하! 감사합니다! 감사합니다, 회장님!"

또 일어나 고개를 조아리는 조 국수를 피해 등을 돌린 태호가 큰 소리로 효주를 불렀다.

"여보! 여보!"

"네!"

"바둑판 좀 가져와 봐."

"먼지가 뽀얗게 앉았을걸요."

"설마?"

"하긴 아줌마가 닦긴 닦았겠네요."

말을 하며 바둑판을 가지러 서재로 향하는 효주를 보고 태호가 조 국수에게 말했다.

"우리가 서재로 자리를 옮기죠. 바둑판이 거기 있으니까요."

"그러시죠."

이렇게 되어 두 사람은 그때부터 바둑 삼매경에 빠져 날이 저무는 줄도 몰랐다.

＊　　　　　＊　　　　　＊

그로부터 이틀이 지난 2월 4일.

이날은 절기상으로 입춘(立春)이었다. 아직은 쌀쌀한 날씨 때문에 봄을 실감하고 있지 못할 때, 태호에게는 아침부터 봄이 온 것처럼 희소식이 전해졌다.

비서실의 계소연 양을 비롯해 모두 혼기를 넘어, 또는 혼기가 차서 결혼하고 이제는 이름도 모르는 신입 사원의 전화에 태호는 급 반가움을 표시했다.

―회장님, 엘론 머스크라는 사람이 회장님을 뵙고 싶다고 정문 경비실까지 왔다는데, 어찌 처리할까요?

"아, 그 사람이! 좋아요. 내 방으로 들여보내세요."

―네, 회장님.

"정 실장도 배석하라 하고."

―네, 회장님.

정태화 비서실장은 직책이야 변함이 없었지만 직급은 그동안 꾸준히 상승해 이제는 그룹의 부회장 수준의 예우를 받고 있었다. 그렇다 해도 변함없이 성실한 그이기 때문에 태호로부터 변함없는 신임을 받고 있었다.

아무튼 태호의 지시에 정 비서실장이 먼저 회장 집무실로 들어와 가다리고 있는데, 머지않아 삼십 대 초반의 젊디젊은 엘론 머스크(Elon Musk)가 특유의 친화력 있는 미소와 함께 방 안으로 들어왔다. 물론 비서들의 안내를 받아서였다.

"면담을 허락해 주셔서 감사합니다, 회장님."

"반갑습니다."

"자, 저쪽 자리에 앉을까요?"

"네, 회장님."

태호가 사람을 대하는 데 있어서 하나의 특징이 있다면 가급적 상대를 가까이 앉힌다는 것이다. 대부분의 직책 높은 사람들이 그냥 자신은 자신의 집무실 책상에 앉은 채로 상대를 멀리 떨어뜨려 놓고 대화하는 것과는 상당한 차이점이 아닐 수 없었다.

아무튼 머스크가 자리에 앉으며 말했다.

"기업가로 치면 아직은 무명에 가까운 저를 흔쾌히 접견해 주셔서 대단히 감사합니다. 솔직히 말하면 거절당할 줄 알았습니다. 그래서 면담을 신청해 놓고도 조마조마했거든요."

"집투와 엑스닷컴의 활약을 인상 깊게 지켜보고 있었습니다."

"정말이십니까, 회장님?"

"물론이오."

"영광입니다."

태호가 말한 내용에 대해 보충 설명을 하면 다음과 같다. 1995년 24살의 그는 창업에 뛰어드는데, 집투(ZIP2)라는 회사를 설립하고 인터넷을 기반으로 지역 정보를 제공하는 사업을 시작한다.

이 서비스는 신문 출판 사업자를 위한 서비스로 뉴욕타임스, 시카고트리뷴 등이 그의 고객이었다.

창업 4년 만인 1999년에는 집투를 컴퓨터 제조 업체인 컴팩에 팔았다. 그의 손에 2,200만 달러가 들어왔을 때 그의 나이는 28살에 불과했다.

엘론 머스크가 다음으로 노린 곳은 온라인 금융 시장이었다. 집투를 매각하며 얻은 돈으로 온라인 금융 서비스를 제공하는 사업 엑스닷컴(X.COM)을 시작했다. 1999년 문을 연 엑스닷컴은 일 년 만에 경쟁사이던 콘피니티(Confinity)를 인수 합병 했다. 그들의 이메일 결제 서비스인 페이팔(Paypal)까지 함께.

콘피니티를 인수한 엘론 머스크는 그들의 이메일을 이용한 결제 서비스 페이팔에 집중하기 시작했다. 사명도 엑스닷컴에서 페이팔로 바꿨다. 아마도 온라인 금융 서비스보다는 이메일 결제 서비스를 고도화하는 편이 좋다고 생각한 듯하다. 그의 생각은 맞아떨어졌다.

2002년 페이팔의 시가총액은 6,000만 달러를 웃돌았다. 페이팔에 눈독을 들인 기업도 있었다. 바로 온라인 쇼핑몰인 이베이(eBay)이다. 페이팔을 이베이에 매각한 가격은 무려 15억 달러. 엑스닷컴을 설립한 지 3년 만에 일어난 일이었다.

"자, 그건 그렇고, 나를 만나자고 한 목적이 무엇이오?"

"회장님과 함께 꿈을 공유하고 싶습니다."

"좀 더 구체적으로."

"네, 회장님."

곧 머스크가 꿈꾸듯 아련한 눈동자로 말한 공유하고 싶다는 꿈은 다음과 같은 내용이었다. 즉 지구인 8만여 명이 거주할 수 있는 화성 식민지를 2030년쯤 완성하고 싶다는 것이었다.

이를 위한 초석은 이미 다졌다고 했다. 스페이스엑스를 통해 우주로 갈 수 있는 수단을 마련하는 중이라는 것이다. 또 내연기관을 사용할 수 없는 우주 식민지에서의 운송 수단으로는 전기차를 이용할 계획이라 했다.

전기차는 연료를 태우기 위한 산소가 필요 없으며, 우주에서 연료를 확보하는 것도 가능하기 때문이다. 이를 위해 테슬라 모터스라는 전기자동차 회사를 설립하겠다는 것이다.

또한 태양광 발전 기술을 바탕으로 화성 식민지에 태양광 발전소를 지을 수도 있다고 했다. 화성 이주를 위한 구체적인 꿈도 말했다. 우선 10명 이내의 선발대가 거주를 위한 돔을 건설하고, 화성 토양을 농작물 경작이 가능한 환경으로 조성한다.

이후 숫자를 점차 확대해 8만 명이 화성으로 이주하며, 식민지 건설을 위한 비용은 약 360억 달러로 예상한다고도 밝혔다. 이를 다 듣고 난 태호가 물었다.

"그래서 나보고 그 계획에 동참해 달라는 것이오?"

"네, 작은 투자라도 좋습니다. 회장님이 동참한다는 뉴스 하나만으로도 투자자를 모으는 것이 쉽기 때문입니다. 이는 회장님이 더 잘 아시는 사항이죠?"

"하하하! 아니라고 부인하지는 않겠소."

"세계 일류 기업치고 사장님의 손길이 미치지 않은 회사가 몇 없으니 미다스의 황금의 손이라고……."

"과찬의 말씀."

겸양한 태호가 갑자기 낯빛을 굳혔다. 그리고 심각한 톤으로 말했다.

"기왕 투자할 거라면 많은 투자를 하고 싶소. 얼마의 자본금으로 전기자동차를 출발시키려 하오?"

"10억 달러입니다."

"좋소, 내가 5억 달러 투자하겠소."

"4억 8천만 달러까지는 허락하겠습니다. 아무래도 경영은 제가 해야 되니까요."

"좋소, 그렇게 합시다."

"너무 시원시원해서 좋습니다, 회장님."

"금칠 그만하고, 스페이스엑스에도 투자하고 싶은데 어찌 생각하오?"

"정말이십니까, 회장님? 현재 적자라는 것은 아시죠?"

"꿈을 공유한 한 사람으로서 어려울 때 돕는 것이 진정한 친구가 아니겠소?"

"백번 환영합니다, 회장님. 그 또한 5억 2천만 달러만 투자해 주십시오."

"그럼 내 지분이 얼마쯤 되는 것이오."

"전기차와 같이 48%쯤 됩니다."

"만족하오."

"말씀하시는 것을 보면 경영에는 전혀 관심이 없으신 것 같습니다."

"그렇소. 그대와 같이 뛰어난 경영인이 있는데, 솔직히 그렇게까지 신경 쓰고 싶지 않소."

"제 능력을 높이 평가해 주셔서 감사합니다."

"그런데 아직 한 가지 미비한 점이 있질 않소?"

"태양광발전소 말입니까?"

"그렇소. 솔라 셀(Solar—Cell)이나 패널(Panel) 등을 만드는 회사도 있어야 제대로 구색이 갖추어지는 것 같아서 말이오."

"맞는 말씀입니다. 이번 기회에 그런 회사도 하나 설립할까요?"

"그렇게 합시다."

"그 부분 역시 5억 달러를 투자하시면 50%의 지분을 드리겠습니다."

"그럼 완전한 합작사 아니오?"

"경영에는 관심이 없는 것 같아서 50%의 지분을 드려도 괜찮겠다는 생각을 했습니다."

"그러지 말고 이 부분은 당신이 48%의 지분으로 만족하는 것이 어떻겠소?"

"이 역시 초기에는 적자가 많이 날 것 같은데요?"

"장래성이 있소. 언제까지나 화석 연료에만 의지할 수 없을 것이니 장래가 기대되는 사업이라 생각하오."

"좋습니다. 많은 투자를 유치하면서 제 욕심만 차리는 것도 예가 아닌 것 같아 이번은 제가 양보하겠습니다."

"좋아요. 지금까지 얘기한 내용을 가지고 문서를 작성하실까요?"

"네, 회장님."

이렇게 해 태호는 총 15억 2천만 달러를 투자해 전기자동차, 태양광발전, 로켓 및 우주선 개발 사업까지 뛰어들게 되었다.

이후 민간 우주선 개발 업체인 스페이스X(SpaceX)의 행보를 좀 더 살펴보면 아래와 같다.

스페이스X는 설립한 지 불과 6년 만인 2008년 민간 기업으로서는 최초로 액체연료 로켓 '팰컨 1(Falcon 1)'을 지구 궤도로 쏘아 올렸고, 그해 말 미국 항공우주국(NASA)과 우주 화물 운송 계약을 체결했다.

이후에는 화물 운송용 로켓인 팰컨 9호를 개발해 2012년 처음으로 우주를 향해 화물 수송에 나섰다. 여기에 2016년 4월에는 로켓의 해상 회수에 성공하면서 로켓 재활용 시대를 열었다.

바다에서 로켓을 회수한 것은 사상 처음으로, 로켓의 재활용이 가능해지면 위성 발사 비용을 종전보다 최대 10분의 1로

줄일 수 있게 된다.

이후 2016년 9월 팔콘9의 엔진 가동 시험 중 폭발 사고가 발생해 안전성 논란이 일었지만, 4개월 만인 2017년 1월 팔콘9에 통신위성 10개를 실어 성공적으로 발사했다.

2017년 6월에는 재활용 우주선 드래건 카고 캡슐을 팰컨9 로켓에 실어 발사해 재활용 로켓 발사에 이어 재활용 우주선 발사에서도 성공을 거둔다.

올 3월에 출범하는 테슬라 모터스에 관한 이야기도 해보자. 이 회사는 설립 초기부터 큰 주목을 받았다. 당시 주목받던 CEO의 새로운 도전이라는 측면도 있지만, 소형화, 경량화 위주이던 기존의 전기차 콘셉트(경차)와 다르게 스포츠카를 생산하면서 고급화에 초점을 맞췄다.

물론 처음 시작은 순탄치 않았다. 설립 후 7년간은 전혀 수익을 내지 못했다. 그러나 삼원그룹의 투자로 인해 그때까지 버틸 수는 있었다. 그렇게 7년이 지나 첫 번째 양산형 제품인 '로드스터'가 등장하면서 상황은 달라졌다.

출시 가격은 무려 10만 9천 달러. 페라리나 애스턴 마틴처럼 널리 알려진 고급 스포츠카 브랜드가 아님에도 불구하고 이런 고가 전략이 통했다. 200대 정도 팔리고 말 것이라는 시장의 예측과 달리 무려 1,000여 대가 팔려나갔다.

테슬라는 여기에서 그치지 않고 후속 제품으로 로드스터

절반 가격의 보급형 세단을 내놓았으며, 2010년에는 2억 2천 6백만 달러의 규모로 나스닥에 공개 상장되었다. 2014년 6월에는 보유한 특허를 무료로 공개하겠다고 밝힌 바도 있다.

심지어 짝퉁 테슬라를 만들어도 상관없다는 반응까지 보였다. 여기에는 전기차 시장의 파이를 키우겠다는 의도가 담겨 있다. 이와 함께 전기자동차 충전소를 자동차 왕국을 이룩한 삼원과 공유하겠다고 내외에 천명했다.

또한 태양광 발전 사업인 솔라시티(삼원과 테슬라 합작 사업) 역시 전기자동차 대중화 시대를 위한 준비물이라 생각할 수 있다. 일반 자동차에 연료를 공급하기 위한 주유소가 있는 것처럼 전기차도 충전을 위한 충전 스테이션이 필요하다.

당연한 말이지만 이 충전 스테이션에 전기를 공급하기 위한 수단도 필요하다. 만약 화력 발전소에서 생산한 전기를 끌어와 사용한다면 전기자동차의 '탄소 배출 감소'라는 장점이 원점으로 돌아오기 때문이다.

따라서 애초부터 솔라 사업을 함께 출범시킨 것은 훌륭한 선택이었고, 이로 인해 전기자동차 사업은 더욱 탄력을 받을 수 있었다.

제9장

꿈을 공유하다 Ⅱ

"많은 기업가를 알고 있지만, 돈을 많이 못 벌 것을 걱정해 창업을 포기한 사람은 아직 보지 못했습니다. 하지만 실패할 경우 뒤를 받쳐줄 언덕이 없어 창업 기회를 포기한 사람은 많이 봤습니다. 내가 코딩(Coding: 컴퓨터 프로그래밍)을 할 시간에 가족을 부양해야 했다면 페이스북은 세상에 나오지 못했을 겁니다."

2017년 모교에서 이런 축사를 할 수 있을 정도로 대성공을 거두었고, 그런 배경을 제공해 준 사람이 있었다. 그들의 이야기는 2004년 2월로 거슬러 올라간다.

　미국 매사추세츠 주 케임브리지 시.

　미국 내에서도 북동부에 위치해 있어 2월이라지만 곳곳에 쌓인 눈이 남아 있었고, 이날따라 바람도 제법 불어 포도(鋪道) 위를 손잡고 걷는 두 사람은 코트 깃을 세우고 조금 더 빠르게 걸었다.

　그렇게 걷다 보니 다운타운에 위치한 유명 호텔이 나왔고, 두 사람은 곧 1층의 커피숍으로 직행했다. 둘이 커피숍 안으로 들어가니 많은 사람들이 있어 열심히 두리번거리는데 손을 번쩍 드는 사람이 있었다.

　사십 대 후반으로 보이는 동양의 신사였다. 곧 두 사람이 빠른 걸음으로 접근하자 동양의 신사는 자리에서 일어나 둘을 맞았다.

　"어서 오시오. 김태호입니다."

　"초대해 주셔서 감사합니다."

　"자, 앉으실까요?"

　"네, 회장님. 혹시 옆에 앉으신 분은 부인……?"

　"그렇소이다. 내 내자 되는 사람이외다."

　"안녕하세요?"

　효주가 일어나 밝게 인사하자 마크 주커버그(Mark E.

Zuckerberg)가 황망한 표정으로 깊숙이 고개 숙여 답례하더니 동행한 여자를 소개했다.

"프리실라 챈(Priscilla Chan)이라고 제 여자 친구입니다."

이에 태호가 분위기를 부드럽게 하기 위해 주커버그에게 물었다.

"둘은 어떻게 만났소?"

"아, 그게… 하버드 내의 장난스러운 웹 사이트인 패이스매시(Facemash)를 만들고 얼마 지나지 않아서였습니다."

이렇게 운을 뗀 그의 이야기가 이어졌다.

"관리위원회에서 저를 보자고 했습니다. 모두들 제가 학교에서 쫓겨날 거라고 생각했죠. 부모님께서도 짐을 싸는 것을 도우러 오셨고 친구들은 송별회를 열어줬습니다. 운명과도 같이 그 송별회에 프리실라가 친구들과 함께 왔습니다. 그런 어느 날 기숙사에서 화장실 순서를 기다리다 만난 그녀에게 저는 아주 로맨틱한 말을 건넸습니다. '내가 3일 뒤면 학교에서 쫓겨나니까 빨리 데이트하자'라고 말이죠. 그리고 그녀의 대답은 보시는 바와 같습니다."

"하하하! 로맨틱하기도 하고 작업 멘트가 선수의 냄새가 나기도 하는군요."

"그렇죠, 회장님?"

프라실라의 동조 발언에 태호가 답했다.

"그렇지만 의리가 있어 보이니 만남을 지속하는 게 좋겠습니다."

"역시 회장님은 사람 보는 눈이 탁월하신 것 같습니다."

이번에는 주커버그가 즐거워하며 태호를 치켜세웠다.

오늘 두 사람, 아니, 네 사람이 만날 수 있는 것은 페이스매시(Facemash)라는 이름으로 SNS 서비스가 올, 즉 2004년 2월 4일에는 '더 페이스북(The FaceBook)'이란 이름으로 서비스를 개편했다는 뉴욕 지사장의 보고를 받은 태호가 만남을 주선하라 지시했기 때문이었다.

정확히는 모르지만 2000년대 초반에는 페이스북이 세상에 출현할 것을 알고 있었고, 하버드생 주커버그라는 사실도 알고 있었기 때문에 사전에 뉴욕 지사장으로 하여금 주의를 기울이게 한 결과가 오늘의 만남까지 이르게 된 것이다.

아무튼 태호는 곧 두 사람의 의견을 물어 넉 잔의 커피를 시켜놓고 대화를 이어나갔다.

"내가 당신을 보자고 한 이유는 사전에 설명한 바와 같이 페이스북에 대대적인 투자를 하기 위함이오. 물론 서비스망을 더욱 확장해 큰 사업으로 키우자는 뜻이기도 하죠. 지금의 전국 대학생만 이용할 수 있는 서비스망에서 13세 이상이면 누구나 이용할 수 있는 서비스망으로."

"성공 가능성이 있을까요?"

"물론이오. 아니면 바쁜 시간을 쪼개 당신을 만나자고 할 이유가 없지."

"하긴 회장님이 투자하는 기업치고 실패한 기업이 없으니 저도 큰 위안이 됩니다."

"그렇게 생각한다니 성공 가능성을 확신할 수 있겠죠?"

"물론입니다. 한데 얼마 정도를 투자할 생각이신지요?"

"당신의 생각부터 말해보시오. 얼마를 투자해 주면 좋을지."

"한 1천만 달러?"

"하하하! 그 정도에 내 지분은 얼마나 주겠소?"

"20%입니다. 왜냐하면 나 말고도 세 명의 친구와 함께할 것이거든요."

"만약 내가 그 열 배인 1억 달러를 투자한다면?"

"그건……."

거기까지는 생각해 보지 않았는지 난처한 표정을 짓던 주 커버그가 갸우뚱하더니 물었다.

"초기에 그렇게 많은 자본이 필요할까요?"

"서비스를 세계 전 지역으로 넓히자면 그 정도 금액은 가져야 대단위 설비 투자를 할 수 있지 않겠소?"

"세계 전 지역으로요?"

"그럼. 이왕 시작하기로 했으면 꿈을 크게 가져야지요."

"좋습니다. 저희들 지분 5%씩을 떼어 총 40% 드리겠습니다. 그렇게 되면 회장님이 가장 많은 지분을 확보하게 되어 경영권까지 쥘 수 있게 되는데……."

"경영에 간섭할 생각은 전혀 없으니 안심해도 좋아요. 그리고 네 명이 뜻을 합치면 60%를 점하니 경영권 확보에도 어려움이 없을 것이고."

"알겠습니다. 그렇게 하도록 하겠습니다."

"좋아요. 오늘은 지금까지 이야기한 내용을 가지고 합의문을 작성하고 보다 세밀한 내용은 수일 내로 실무자를 보낼 테니 그들과 협의해 작성하도록 하죠."

"알겠습니다."

이때 커피가 나왔으므로 넷은 곧 커피를 마시기 시작했다. 이렇게 해 태호는 1억 달러에 페이스북의 지분 40%까지 확보했다.

그런데 여기서 다시 한번 마크 주커버그의 하버드대 축사 구절을 상기할 필요가 있다. '돈을 많이 못 벌 것을 걱정해 창업을 포기한 사람은 보지 못했지만, 실패할 경우 뒤를 받쳐줄 언덕이 없어 창업 기회를 포기한 사람은 많이 봤다'는 구절이다.

이 말은 곧 실패를 두려워하지 말고 도전하라는 이야기가 아닌가? '한 번도 실패하지 못한 사람은 아무것도 시도하지 않은 사람이다', '가장 큰 위험은 위험 없는 삶이다'라는 말이 있는 것처럼 실패를 두려워하지 말고 도전하라는 말이다.

하지만 대한민국의 현실은 어떠한가? 미국이나 중국의 창업 실패 횟수가 약 3번인 것에 비해 대한민국이나 일본은 단 1번의 기회를 놓치면 다시는 창업하기 힘든 현실이다.

'서울대에서는 누가 A+를 받는가?'라는 책을 보면 우리나라의 교육은 교수가 강의한 내용을 100% 완벽하게 복제하는 사람이 인정받는 구조다. '생각'은 필요 없고 '암기' 위주의 학습인 것이다.

많은 교육 관련 연구에서 고등학교 졸업까지 세계 최고 수준의 성적을 유지하는 한국 학생들이 대학 이후의 연구 성과 등에서는 다른 서구 국가들에 밀리는 이유가 바로 '창의적 사고'와 '비판적 사고'의 부재라고 이야기한다.

알려주는 것만 외우다 보니 '호기심'도 없고 무엇이 '문제'인지에 대한 '탐구 정신'도 부족한 것이다.

이런 현실이지만 그래도 태호는 대한민국 청년들이 '실패는 성공의 어머니', '한 번도 실패하지 못한 사람은 아무것도 시도하지 않은 사람이다'라는 말을 기억하고 열심히 도전해 주길 바라며 효주와 함께 호텔 커피숍을 나서고 있었다.

*　　　　*　　　　*

이날 저녁.

케임브리지에서 비행 편으로 뉴욕으로 이동한 태호는 효주의 요청에 의해 엠파이어스테이트빌딩 1층에 들어서고 있었다.

곧 부부는 에스컬레이터를 타고 2층으로 와 매표소에서 102층 전망대에 오를 수 있는 티켓 여덟 장을 구매했다. 물론 여섯 장은 경호원용이다. 그런데 이 과정에서 태호는 효주와 약간의 다툼이 있었다.

86층 전망대는 32달러인데 102층 전망대는 20달러가 더 비싼 52달러였기 때문이다. 이에 효주는 86층으로 가자고 했고 태호는 102층 전망대로 가자고 하는 바람에 잠시 실랑이가 벌어진 것이다.

그러나 결국 태호가 이겨 102층에서도 보다 먼저 탑승할 수 있는 익스프레스 티켓을 구매해 타니 어이없다는 얼굴을 하는 효주였다. 이는 또 가격이 더욱 비싸 한 장 당 85달러나 했기 때문이다.

아무튼 이렇게 해 102층 전망대에서 내린 일행은 곧 발아래 펼쳐진 야경을 구경하기 시작했다. 하필 초저녁이라 사람이 제일 많을 때였다. 이 때문에 서로 부딪치기도 하고 주변이 시끌시끌했지만, 그래도 효주는 열심히 미리 준비한 카메라

서터를 눌렀다. 그러며 그녀가 말했다.

"이곳은 유리가 아닌 철창으로 되어 있어 사진이 깨끗이 잘 나오겠네요."

"다행이군."

카메라에는 별 관심이 없는 태호인지라 대답 역시 심드렁했다. 이에 효주가 삐죽삐죽했지만 태호는 이를 모른 척 야경만 열심히 구경했다.

그리고 얼마 후 태호는 야경을 보는 것도 시들해지자 효주를 재촉해 식당가로 이동했고, 그곳에서 식사를 마친 일행은 곧 그 건물을 나와 크라이슬러사 빌딩으로 이동했다.

야경으로 아름답게 빛나는 이 건물은 현재 완전히 삼원그룹 소유가 되어 있었다. 크라이슬러사에서 매입해 리모델링 공사를 거쳐 지금은 21층에서 50층까지는 호텔로 꾸며져 있기 때문에 자리 들어가고 있는 것이다.

아무튼 1층의 회전문을 열고 들어가던 효주가 갑자기 엉뚱한 질문을 했다.

"제가 건물마다 유심히 봤는데, 초고층 빌딩의 문은 왜 예외 없이 회전문일까요?"

"글쎄? 단지 재미 때문 아닐까? 빙글빙글 계속 돌아가는 것이 처음 보는 사람은 무척 신기하잖아."

"그것 때문만은 아니고 굴뚝 효과 때문이래요."

"뭐? 그럼 알면서도 나한테 물은 거야?"

"당신한테 매일 당하니 나도 한번 당신을 놀려주려고 의문이 생겨 공부 좀 했죠."

"참 나……!"

태호가 어이없다는 얼굴을 하거나 말거나 이어진 효주의 설명은 다음과 같은 내용이었다. 초고층 건물의 입구 회전문은 단지 재미 때문만은 아니다. '굴뚝 효과' 때문이다.

건물 내부와 외부의 온도 차이로 생기는 현상으로, 열을 받으면 위로 올라가는 공기의 성질과 관계가 있다. 추운 날씨에 빌딩 내부 온도가 높아지면 더운 공기가 굴뚝처럼 상층부로 이동해 하층부를 진공 상태로 만든다.

평범한 여닫이문이라면 바깥 차가운 공기가 안으로 들어와 열리고 닫힐 때마다 바람 때문에 로비의 종이와 치마가 펄럭인다. 반대로 더운 날씨에는 냉방장치가 만든 차가운 공기가 하층부로 가라앉아 문이 열릴 때마다 밖으로 빨려나간다.

여닫이문은 환기와 배기에 문제가 발생하고 엘리베이터 오작동이 일어나지만, 회전문은 늘 '폐쇄 구조'여서 내부 공기 소용돌이를 최소화하고 에너지 손실을 낮춘다는 설명이었다.

*   *   *

정신없이 자고 있는 태호 부부의 침실에 휴대전화의 벨이 울린 것은 새벽 2시였다. 몇 번의 울림 끝에 휴대폰을 집어 든 태호의 귀에 익숙한 목소리가 들려왔다.

정태화 비서실장의 목소리였다.

─회장님, 드디어 우리가 해냈습니다!

"성공한 것이오?"

─네, 회장님!

"다 좋은데 시간 좀 봐서 전화했으면 좋겠소."

─아, 이곳 시간만 생각하다 보니… 지금 이곳 아브다비의 시간은 오전 열 시를 막 넘어서고 있거든요.

"여기는 새벽 두 시요."

─아, 네. 죄송합니다, 회장님. 너무 기쁜 나머지…….

"아무튼 수고 많으셨습니다."

─아, 네, 네.

곧 전화를 끊은 태호는 효주의 잔소리에 다시 한번 짜증이 치밀어 올랐다.

"그런 식으로 하면 아무리 급한 일이라도 우리가 잠잘 시간은 피할 것이니 앞으로 어떻게 하시려고 그래요?"

"됐소. 그만 잠이나 잡시다."

"흥!"

모로 드러눕는 효주였다. 이를 본 태호가 뒤에서 껴안자 효주는 몇 번 물리치는 척했다. 하지만 종내에는 그의 품에 안겨 뒤로 얼굴을 돌리는 효주였다. 곧 효주의 입술이 지척이다.

태호는 지척인 효주의 입술에 가볍게 두 번을 부딪쳤다. 그것만으로도 효주를 돌아눕게 하는 마력이 있는 태호의 가벼운 입맞춤이었다. 효주가 그의 품을 파고들며 말했다.

"안아줘요. 다른 환경이어서인지 몸이 뜨거워지네요."

효주의 말에 태호는 다른 날 같았으면 지체 없이 행동에 돌입했을 것이다. 그러나 오늘 태호의 행동은 여느 날과 달랐다.

두 손으로 그녀의 아름다운 얼굴을 감싸 쥐는 것까지는 같았으나 그다음 행동이 전혀 다른 것이다. 그의 입술이 향한 곳이 그녀의 입술이 아니고 그녀의 이마였다.

부드럽게 그녀의 반듯한 이마에 찍듯이 가볍게 두 번을 접촉한 태호가 세 번째는 그녀의 이마에 입술을 대고 한동안 지그시 누르고만 있었다. 그런 그가 입술을 떼며 물었다.

"이 행위가 무엇인지 잘 알죠?"

"존경하고 사랑하다는 의미라고 당신이 누누이 말했잖아요."

"그렇소. 당신은 정말 여느 사람과 전혀 다른 사람이오. 여느 재벌가 따님의 냄새가 전혀 나지 않을 뿐만 아니라 낮은 자리에 임해 그들의 눈높이로 모든 것을 보고 행동해 왔소.

참으로 존경스러운 행위가 아닐 수 없소. 거기에 자녀 교육 또한 보통 사람들과 다름없이 가르치고 훈육해 왔소. 특히 절대로 남매가 특권 의식을 갖지 않도록 누누이 주지시킨 점을 나는 매우 높게 평가하고 있소."

"무슨 요구를 하려고 칭찬이 그렇게 길어요?"

"하하하! 벌써 눈치챘소?"

"아무렴요. 어디 우리가 하루 이틀 산 부부인가요?"

"하하하! 그렇다면 내가 무슨 말을 하려는지 알아맞혀 봐요."

"재산 헌납 내지는 기부 얘기 아니에요?"

"맞소."

동의한 태호의 말이 길게 이어졌다.

"나는 우리의 재산이란 것이 다 같이 나누어 써야 될 것을 사회 분배 구조라든가 자본의 속성 내지는 타고난 선천적 우월적 지위에 의해 우리에게 급속히 빨려들어 온 것이라 생각하는 사람이오. 물론 우리가 열심히 노력해서 번 것도 부인할 수 없는 사실일 것이오. 그렇다 해도 우리가 가진 재물을 한마디로 표현한다면 사회의 공기(公器)라는 것이지. 따라서 우리가 갈 때는 이를 자식에게 물려주기보다는 우리 국민과 전 세계인을 위해 모두 내놓고 가야 된다고 생각하오. 이에 대해 당신의 생각은 어떻소? 당신도 잘 알다시피 2대 주주인 당신의 승낙 없이는 도저히 행할 수 없는 일이기에 당신의 예쁜 마음에 호소하고 있는 것이오."

"그렇게 말씀하시니 도저히 거부할 수가 없겠네요."

"전에도 몇 번 당신이 찬성했지만 세월이 또 많이 흘렀는지라 그간 혹시 당신의 마음이 변했을까 노파심에서 한 말이지만 여전히 당신은 몸과 마음 모두 아름다운 사람이오."

"쳇, 당신의 평소 그 말 때문에 저 역시 자식들이 특권 의식을 갖지 않게 하는 데 교육의 주안점을 둔 것을 당신도 잘 아시잖아요."

"물론이오. 역시 당신은 세월이 가도 변치 않는 아름다운 외모도 외모지만 변치 않는 그 마음은 더욱 아름답소. 이런 당신을 내 어찌 사랑하지 않을 수 있겠소."

"공치사 다 끝나셨나요?"

"아니오. 아직 남았소."

"뜨겁던 몸이 다 식었네요."

"다시 덥히면 되지."

이렇게 답한 태호가 그녀에게 말했다.

"엎드려 보오."

"안마해 주시게요?"

"그렇소. 밤도 긴데 천천히 가자고."

태호의 말에 효주가 엎드리며 감사를 표했다.

"고마워요."

효주가 감사를 표하는 데는 나름의 이유가 있었다. 태호가 행하는 안마는 근육의 피로를 풀어주는 안마 행위도 있었지만, 반은 사람을 흥분케 하는 마력이 있는 안마였기 때문이다.

목과 어깨 부위를 주무르는 것은 기본이고 머리 전체를 감기듯 긁고 때로 힘주어 누르기도 할라 치면 스르르 잠이 들 것만 같다. 그럴라 치면 어김없이 등줄기를 억센 힘으로 치달리는가 하면, 때로는 스치듯 손톱으로 가볍게 긁어내리기도 한다.

그러면 예민한 자신은 간지러운 느낌을 넘어 온몸에 오한이 일 정도의 쾌감을 느끼곤 한다. 그리고 정성을 다해 히프 이하를 주무르는 듯하다가도 어느 순간은 생각지 못한 곳으로 혀가 쳐들어오기도 한다.

이에 자신이 움찔움찔 몸을 떨면 어느새 두 손은 알이 밴 종아리를 두드려 환상에서 깨어나게 하는가 하면, 또다시 항문에 힘이 잔뜩 들어가는 행위를 그는 행하고 있다.

평소 사람이 더럽게 취급하는 발을 잡고 혀가 미끄러지듯 춤을 추는가 하면 어느 순간은 온몸이 딸려 들어가는 쾌감을 느끼게 한다. 그 순간에서 깨어나 문득 허전함을 느낄 때는 어김없이 그의 입에서 자신의 발이 해방된 때였다.

그리고 그는 자신을 반듯하게 눕히고 강약 조절을 정말 잘한다. 목같이 예민한 부위는 차마 키스 마크가 생길까 봐 스치듯 지나가지만, 그렇지 않다고 생각되는 겨드랑이 같은 부위는 뜨거운 열정으로 폭풍같이 몰아친다.

이 행위를 가슴까지 넘나들며 행하게 되면 자신은 이미 벌써 자신도 모르게 하늘 높이 엉덩이를 띄운 상태가 몇 번 지나고 있었던 것이다. 그리고 그 아래는 차마 표현하지 못하지만 한 가지는 말할 수 있다. 남들이 더럽다고 생각하는 부위도 전혀 그는 개의치 않는다는 것이다.

그래서 자신이 몇 번 더럽다고 항의한 바도 있으나 그의 대답은 한결같았다. 그런 곳마저도 예쁘고 사랑스럽다고. 그렇다는데 더 항의하기도 힘들고 자신 또한 은밀한 즐거움이 느껴 맡기다 보니 이는 상설화를 불렀다.

아무튼 그의 안마를 빙자한 애무만으로도 자신은 다섯 번의 고개를 넘어 떡실신되는 것이 상례이다 보니 만약 그 아래라면 오히려 서운한 감이 있을 정도이다.

이래서 육정(肉情)이라는 말이 생겼는지 모르지만, 그와 함께 살면서 그의 경영 능력에 소름이 돋은 적이 수없이 많았고, 더하여 자상하면서도 때론 엄격한 카리스마가 이제는 자신을 완전히 지배하고 있다고 생각하고 있다.

그렇게 영혼과 육체 모두 그를 사랑하다 보니 이제는 그의 제의가 당연하게 느껴진다고 생각하며, 오늘도 효주는 그의 안마를 빙자한 애무에 허물어져 깊은 늪 속으로 빠져들고 있었다.

*   *   *

다음 날.

태호는 평소와 같이 새벽에 일어나 곤하게 자고 있는 효주를 깨웠다. 그리고 빨리 두바이로 가자고 설쳐대기 시작했다.

그래도 이런저런 준비와 가벼운 아침 식사를 하고 떠나다 보니 뉴욕공항에서의 이륙 시간은 오전 7시였다. 그리고 연료를 보충하기 위해 두 곳을 경유하다 보니 16시간의 비행시간을 기록해 두바이에 도착한 시간은 한밤중이 되어야 옳았다.

그러나 8시간의 시차 관계로 두바이는 오후 3시쯤으로 비행기에서 내리니 마치 한국의 가을 날씨처럼 선선했다. 아마 24~5도쯤의 기온이 아닐까 태호는 생각했다. 그래도 추운 지방에 있다가 이런 곳으로 오니 묘한 기분이 들긴 했다.

아무튼 태호는 사전 연락에 의해 마중을 나온 정 비서실장과 강동철 건설 사장, 또 현지 지사장 일행의 영접을 받으며 입국장을 빠져나갔다. 그리고 태호는 일행이 머물고 있던 팰리스 두바이호텔로 가서 잠시 휴식을 취했다.

잠시 후 태호는 세 사람을 자신이 묵고 있는 방으로 불러들였다.

"세계 내로라하는 유수의 건설사들을 물리치고 세계 최고층 건물 공사를 수주하느라 고생들 많았소. 공사 금액이 15억 달러라 했소?"

"네, 회장님!"

태호의 치하에 세 명이 일시에 이구동성으로 답하자 미소를 띤 태호가 물었다.

"우리가 수주하게 된 결정적인 이유가 있을 것 같은데?"

"우리가 개발한 150MPa 강도의 초고강도 콘크리트를 사용해 3일에 한 층씩 올린다는 것이 이들의 마음을 사로잡은 것 같습니다, 회장님."

강동철 건설 사장이 자랑스러운 얼굴로 답하자 태호는 고개를 끄덕이며 말했다.

"아무튼 수고 많았소. 그러나 한 가지 안타까운 점은 설계 등 고도의 기술을 요하는 부분은 모두 서방 업체들에게 빼앗기고 단순히 시공만 하는 형태이니 이 점은 보완해야 할 것이오."

"그것이 우리의 오랜 숙제이나 그 일이 결코 쉽지 않은 일이라 저도 답답하기만 합니다."

강 사장의 말에 무어라 한마디 더 하려는데, 옆에 서 있던 효주가 옷깃을 잡아당기는 바람에 태호는 결국 입을 다물고 말았다.

여기서 이들이 지금 대화를 나누는 것은 아랍에미리트 두바이 신도심 지역에 건설될 크고 아름다운 거대 마천루 부르즈 두바이 건설 공사에 관한 이야기였다.

이것이 두바이가 모라토리엄을 맞고 아부다비의 지원을 받게 되면서 아부다비의 국왕이자 UAE 연방 대통령의 이름을 딴 할리파로 이름이 바뀌게 되는 것이다. 이것이 완공되면 세계에서 가장 높은 건물이 될 것이다.

163층에 첨탑을 포함하면 829.8m(2,722ft). 건물 높이로만 따져도 828m(2,717ft)에 이르게 되는 것이다. 면적은 33만 4,000㎡로 상업 시설과 주거 시설, 오락 시설 등을 포함한 대규모 복합 시설로 이용될 것이다.

아무튼 태호는 자신의 끝말 때문에 무거운 분위기가 연출되자 이를 해소하기 위해서라도 궁금한 점을 물었다.

"100층도 넘는 초고층 건물은 어떻게 강풍에도 쓰러지지 않고 버티는 것이오?"

이 물음에 답을 한 것은 역시 건설에서 잔뼈가 굵은 강 사장이었다.

"163층인 두바이 부르즈 할리파는 지면의 산들바람도 100층 넘는 높이에서 태풍이 되는 외력에 버티기 위해 '버트레스 코어'

라는 독특한 설계 구조를 띠고 있습니다. 건물 중앙에 폭 11m의 육각형 고강도 철근 콘크리트 기둥을 배치해 척추로 삼는 것이죠. 하지만 이것으로 충분치 않아 안정적 기립을 위해 고딕 양식의 대성당이 이용한 부벽(버트레스)으로 세 개의 '날개'를 만들어 육각형에 맞물려 떠받치게끔 설계되어 있습니다. 마천루 건설에 새 장을 연 'Y자 코어공법'은 지상에서 1km 넘게 건물을 올릴 수도 있습니다."

"엘리베이터 운행 시스템은?"

"과거 세계무역센터에서 사용하던 엘리베이터 환승 시스템인 스카이 로비 등이 도입되는 등 최첨단 시스템이 적용되고 있습니다. 즉 일종의 환승 식으로 1층에서 원하는 층으로 가려면 우선 스카이 로비로 연결되는 고속 엘리베이터를 통해 원하는 층 근처의 스카이 로비로 간 뒤 스카이 로비에서 일반 엘리베이터를 타고 가는 식입니다. 이렇게 하면 전 층에 고속 엘리베이터를 설치하는 것보다 빠르게 해당 층으로 갈 수 있습니다.

"불이 나면 또 어찌하오?"

"온갖 소방 장치에 불이 날 경우를 대비한 산소마스크, 산소통 같은 장비도 각 층마다 여럿 준비하고, 그 밖에도 비상 의료 시설 등 온갖 시설과 장비들이 갖춰져 있습니다. 하지만 엄청나게 높다 보니 안에서 불이라도 나면 그야말로 답이 없습니다. 꼭대기 163층에서 1층까지 계단으로 내려오는 데 두 시간 반 정도 걸리니 이는 마천루들이 공통적으로 가지고 있는 숙제이기도 합니다."

"잘 알겠소. 자, 그간 고생들 많았으니 오늘은 내가 한턱 쏘겠소. 비록 아랍권이라 술을 마실 수는 없겠지만 충분히 즐기고 푹 쉬기 바라오."

"감사합니다, 회장님."

말이 끝나자마자 태호는 조금 이른 시간이었지만 효주 및 일행을 데리고 네 개의 식당 중 아랍 요리를 하는 곳으로 향했다. 기왕 아랍에 왔으니 아랍 요리를 먹어보자는 심산인 것이다.

이렇게 하루를 보낸 태호는 다음 날은 가까운 곳으로 사막 여행을 떠났다. 낙타를 타고 가는 가벼운 여행으로, 사막의 별이 쏟아지는 밤을 만끽하기 위해서였다.

이제 자신이나 효주나 40대 후반의 나이. 젊을 때보다는 한결 여유가 생겼고 재산도 모두 기부하기로 한 마당에 너무 동동거릴 필요 없다는 생각으로 이제는 외국 출장 중에는 가급적 효주를 동반하고 현지 여행도 할 참인 것이다.

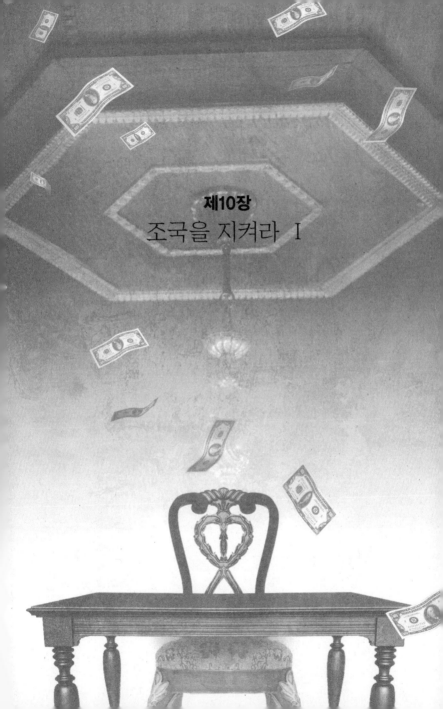

제10장
조국을 지켜라 Ⅰ

사막의 별은 한국에서 보는 별과는 달랐다. 한국의 밤하늘에서는 볼 수 없던 무수히 많은 별들이 금방이라도 머리 위로 와르르 쏟아져 내릴 듯 가깝게 잡혔다.

이를 보고 태호는 생각이 많아졌다. 존재의 사유에서부터 앞으로 자신이 걸어가야 할 길, 조국의 미래, 장래 사업에 대한 구상 등 온갖 상념이 차례로 명멸했으며, 태호는 그 자리에서 몇 가지 실천 방안 및 사업 구상을 떠올리고 오지 않는 잠을 억지로 청했다.

그로부터 사흘 후.

태호는 귀국해 출근하자마자 계열사 사장단 회의를 소집했다. 이 자리에서 태호는 현재 잘나가는 전자, 자동차, 건설, 조선, 상사, 정보통신, 호텔, 유통, 백화점 등에 대해서는 격려와 함께 미래에 대비할 것을 주문하는 한편, 특히 부진한 증권에 대해서는 허리띠를 바싹 졸라매게 하며 자금의 여유 한도 내로 대형 우량주 중심으로 매입해 둘 것을 주문했다.

그리고 태호는 그룹의 미래 먹거리 산업으로 로봇과 인공지능(AI)를 선정하고, 이에 대한 대대적인 투자를 주문했다.

*　　　　*　　　　*

세월은 쏜살같이 흘렀다.

이는 혁신적인 스마트폰의 출현 및 발전과 궤를 같이하고 있었다.

2007년 삼원전자에서 처음으로 출시한 에스폰(sPhone)의 출시를 시작으로 3개월 후에는 애플에서 아이폰(iPhone)을 출시함으로써 양 사의 이른바 스마트 대전이 시작되었다.

에스폰은 터치스크린이라는 혁신적인 인터페이스를 구현한 스마트폰이었다. 에스포드, 휴대전화, 모바일 인터넷이라는 세 가지 주요 기능을 완벽히 통합함으로써 삼원과 애플은 단숨에 스마트폰 시장의 강자로 떠올랐다.

2008년엔 기존 에스폰에 비해 가격이 싸고 용량이 커진 3세대 통신망에 대응하는 에스폰3G가 등장했으며, 2010년엔 새로운 OS인 에스OS4를 채용, 멀티태스킹 기능 등이 추가된 에스폰4가, 그리고 2011년 10월엔 에스폰4의 후속작인 에스폰4S가 공개됐다.

이때 애플 또한 아이폰4S를 뒤따라 내놓았는데, 이것이 잡스의 사망으로 그의 마지막 유작이 되었다.

＊　　　　＊　　　　＊

그러고도 4년이 흐른 2015년 12월.

이해도 얼마 남지 않은 27일 10시, 빠르게 청와대 방면으로 질주하는 차량 두 대가 있다.

이날따라 기온이 낮아 낮임에도 불구하고 서울의 기온은 영하권을 맴돌고 있었다. 이에 따라 거리의 사람들은 대부분 추위에 어깨를 움츠리고 종종거리고 있었다. 영하 9도로 출발한 기온이 10시경임에도 불구하고 여전히 영하권에 머물렀기 때문이다.

아무튼 태호는 동승한 매제이자 비서실장 김병수에게 물었다.

"대통령이 우리를 부르는 것은 아무래도 KF—X 사업 때문이겠지?"

"그럴 개연성이 큽니다. 비록 우리와 5일 전 계약을 체결했지만 아무래도 불안한 모양입니다."

"하하하! 물론 외부의 시선으로 보면 그럴 수도 있겠지."

답하고 창밖을 내다보는 태호의 입가에는 웃음이 매달려 있었다.

그러나 차창 밖을 바라보던 태호의 미소는 어느덧 사라지고 멍한 눈길로 차창 밖으로 무의미한 시선을 던지고 있었다.

어느새 자신의 나이도 60세. 나이가 나이인지라 머리에는 흰머리가 부쩍 많아져 있었다. 세월의 빠름을 절감하고 있는 것이다.

정태화 비서실장은 10년 전 은퇴를 하고 그 뒤를 이어 김병수가 비서실장직을 맡아 충실히 해오고 있었다.

아무튼 둘의 대화 내용 중 KF—X 사업이란 것은 한국형 전투기를 자체 개발하는 사업으로, 공군의 노후 전투기 F—4와 F—5를 대체할 국산 주력 전투기 120대를 개발, 양산하는 사업이었다.

이는 미국 록히드마틴의 최신형 전투기 F—35A 40대를 도입하는 차기 전투기(F—X) 사업과는 다르다.

KF—X 사업은 성능이 F—35A에는 못 미치지만 우리 공군의 주력 KF—16을 능가하는 전투기를 자체 개발 하겠다는 취지에서 출발한 것이다.

따라서 체계 개발에 8조 8,000억 원, 양산에 9조 6,000억 원 등 총 18조 4천억 원이 투입될 예정으로, 5일 전 삼원항공우주산업에서 그 사업을 따내 계약을 완료했으며, 2026년 6월까지 개발을 완료하고, 2032년까지 120대를 생산해 공군에 납품한다는 계획이었다.

그러나 국내 언론은 여러 문제를 지적하며 회의적인 시각을 보내는 곳이 많았다. 이는 전적으로 삼원그룹의 방산 사업을 몰라서 하는 보도이다. 삼원 방위 산업의 실체를 제대로 알린다면 국내와 미국은 물론 전 세계가 뒤집어질 것이다.

아무튼 그 이야기는 추후에 하기로 하고, 머지않아 청와대 경내로 들어선 태호와 김 비서실장은 더욱 강화된 보안 검사를 필하고 비표까지 패용했다. 그리고 이병기 비서실장의 안내를 받아 대통령의 집무실로 향했다.

이병기 비서실장의 노크와 함께 집무실 안으로 들어서니 기다리고 있던 듯 문가에 서 있던 박근혜 대통령이 먼저 인사를 했다.

"어서 와요, 김 회장."

"편안하셨습니까, 대통령님?"

"나야 늘 그렇지요, 뭐."

가볍게 응수한 박 대통령이 먼저 등을 보이고 안으로 걸어

들어가자, 일행은 그녀의 뒤를 따라가 그녀가 권하는 사각 테이블에 앉았다.

이병기 비서실장과 나란히 앉은 그녀가 걱정되는 눈매로 물었다.

"잘해내실 수 있겠어요?"

"물론입니다."

힘주어 답한 태호이지만 불안한 눈초리로 사방을 두리번거렸다.

이에 박 대통령이 물었다.

"왜 그러세요? 뭔가 불편한 점이라도 있어요?"

"혹시 도청을 당하는 건 아니죠? 전례도 있고 해서……."

"그 일이 있고 나서는 경호실에서 수시로 검사를 해요. 그러니 무슨 말이든 안심하고 하세요."

"사실은 시제기 6대를 이미 제작해 4년 동안 테스트와 보안을 거쳐 이제는 양산 직전입니다."

"지금 무슨 소릴 하는 거예요? 삼원항공 우주 산업에 그런 일이 있다면 국내외 언론은 물론 우리도 알고 있는 사실일 것 아닙니까?"

이 비서실장의 노성에 가까운 질문에 태호가 여전히 참착한 얼굴로 답했다.

"우리나라에서는 부품만 생산하고 시제기는 이스라엘에서

테스트를 해왔습니다."

"하면 이스라엘이 미국의 지원을 받아 개발했다는 전투기가 삼원의 작품이란 말입니까?"

"정확히는 미국, 이스라엘, 삼원의 합작품입니다. 그중 미국 회사는 노스롭그루먼이라고 우리 그룹 소유이고, 이스라엘의 IAI는 삼원과의 합작사입니다. 따라서 전체적으로 보면 우리 그룹의 자본이 80% 이상 투자되었으니 삼원의 작품이라도 틀린 말이 아닐 겁니다."

"그런데 왜……"

박 대통령의 다음 말이 무엇인지 헤아린 태호가 곧장 답했다.

"아무래도 우리나라에서 개발하면 미국의 견제가 심할 것 같아 오래전부터 삼국 합작인 양 해서 자체 전투기 개발을 추진해 온 것입니다."

"일리 있는 말이에요."

박 대통령의 말을 이 실장이 받았다.

"미국의 대외군사판매(FMS)에서, 우리가 북대서양조약기구(NATO)와 5국(한국, 일본, 오스트레일리아, 뉴질랜드, 이스라엘)으로 이스라엘과 같은 지위에 있으나 실상은 많이 달라요. 이스라엘 같은 경우는 10년간 30억 달러를 무상으로 공여받을 정도인데 우리는……"

이 대목에서 이 실장이 머리를 흔들자 태호가 이를 받았다.

"미국 정가에 막대한 영향력을 행사하는 것이 유대인 자본이기 때문에 이스라엘이야말로 핵을 가졌어도 눈을 감아줄 정도로 친이스라엘 정책을 펴고 있는 나라가 미국 아닙니까? 그러니 우리가 그런 짓을 해도 모른 척 넘어가고 있는 것이죠. 그래서 이스라엘 국영 방위 산업체인 IAI와 합작사를 설립해 접근한 것이고요."

태호의 말에 기쁜 빛을 띤 박 대통령이 말했다.

"사업도 참으로 영리하게 하네요."

그러나 이 실장은 여전히 굳은 표정으로 물었다.

"전투기 성능은 어느 정도입니까?"

"최소한 F—35 정도는 되고, 보는 각도에 따라서는 랩터를 능가하는 면도 있죠."

"그렇다면 우리가 굳이 F—35A를 구매하지 않아도 되지 않았어요?"

박 대통령의 물음에 태호가 답했다.

"그때는 테스트 중이었고, 이미 계약한 물량은 신의성실의 원칙에 입각해서라도 어쩔 수 없겠죠."

"맞는 말이오."

이 비서실장이 머리를 끄덕이며 동조하는데 박 대통령이 또 물었다.

"그렇다면 좀 더 빠른 시기에 우리나라에 인도될 수 있겠네요?"

"물론 그렇습니다만, 그러려면 국방 예산을 대폭 증강해야 되는데 그러실 수 있겠습니까, 대통령님?"

"개인이나 국가나 돈이 문제로군요."

"제 생각입니다만, F—35A 구매가 끝나는 다음 해에 대폭적으로 예산을 반영한다 해도 크게 늦지는 않을 것 같습니다. 최소 우리의 계획보다는 자체 전투기가 10년 이상은 앞당겨져 생산되는 것이니까요."

"맞는 이야기입니다."

이 실장이 맞장구를 쳤지만 박 대통령의 운명을 이미 알고 있는 태호로서는 더 이상 입을 열지 않았다. 그러자 장내에 묘한 침묵이 내려앉았다. 이에 태호가 침묵을 깰 겸 다짐받을 일도 있어 다시 입을 열었다.

"제가 한 말은 전투기가 생산되어 이양될 때까지는 비밀로 해주셨으면 합니다."

"그야 물론이죠."

"동의하오. 참, 명색이 자체 전투기인데 생산은 한국에서 해야 될 것 아니오?"

이 실장의 물음에 태호가 답했다.

"그때가 되면 세상이 다 알게 될 것이니 그렇게 하도록 하겠습니다. 사실 대부분의 부품을 한국에서 만들어 공급하고 있으니 전투기 제작은 일도 아닙니다."

"호호호! 역시 김 회장님은 대단하세요."

"별말씀을."

"각하, 좀 이르지만 이렇게 기쁜 소식을 들었으니 오찬이라도 함께하는 것이⋯⋯."

"그래요. 내 돈 드는 것도 아닌데."

썰렁한 박 대통령의 농담에 미소를 머금은 태호가 정중히 사양했다.

"실은 외국 기업인과 오찬 약속이 잡혀 있습니다."

"그래요? 서운하지만 다음을 기약할 수밖에 없겠네요."

"네."

"그럼 다음에 또 보는 것으로 하고 일어나시죠."

"네."

곧 일어나 목례를 표한 태호가 걸어나가자 김병수가 그의 뒤를 따랐다.

*   *   *

해가 바뀐 2016년 1월 6일.

이날 태호로서는 두 가지 희비가 엇갈리는 소식을 들어야 했다. 첫 번째로 나쁜 소식은 오전 10시 30분에 북한이 4차 핵 실험을 했다는 기분 좋지 않은 소식이었다.

두 번째인 기쁜 소식은 이스라엘에서 날아들었다. 중거리 요격미사일 체계 중 하나인 애로우—1, 즉 이스라엘의 명칭으로는 '다윗의 물맷돌(David's Sling)'라는 요격미사일이 성공리에 시험을 마치고 곧 배치 준비에 들어간다는 내용이었다.

태호는 이 소식을 듣자마자 즉각 이스라엘 방문을 추진했다. 이틀 후 출발할 수 있게 모든 준비를 끝내놓도록 비서실에 지시한 것이다. 동행할 인원으로는 삼원항공사업 회장과 조선 사장을 지정하고 그들도 준비해 상경하도록 했다. 또한 미국에도 연락을 취해 이스라엘에서 만날 수 있도록 했다.

이틀 후.

태호는 오전 업무를 마무리한 뒤 아예 점심 식사까지 마치고 오후 2시에 인천공항에서 이륙했다. 이는 비행시간과 현지 시간을 고려했기 때문에 취한 조처였다.

따라서 12시간을 비행해 태호가 이스라엘의 텔아비브 벤구리온국제공항에 도착한 시간은 오전 8시였다. 이스라엘과 우리나라는 6시간의 시차가 발생하기 때문이다. 즉, 우리나라보다 6시간이 더 빠른 것이다.

아무튼 공항에 도착한 태호는 새로 바뀐 IAI 사장 겸 최고

경영자인 조셉 웨이스(Joseph Weiss) 및 노스롭그루먼의 웨스 부시(Wes Bush) 회장의 영접을 받으며 공항을 빠져나갔다.

총 다섯 대의 차량이 빠르게 움직여 도착한 곳은 이스라엘 수상 관저였다.

사전 교섭이 이루어졌기 때문에 가능한 방문이었다. 곧 현관에서 베냐민 네타냐후(Benjamin Netanyahu) 수상의 영접을 받은 태호는 동행한 일행과 함께 그의 집무실로 들어갔다.

새삼 다시 한번 악수를 나눈 베냐민 네타냐후 수상이 말했다.

"김 회장의 공로로 우리나라는 적은 예산을 쓰고도 이젠 우리나라의 영공 전체를 촘촘하게 방어할 수 있게 되었을 뿐만 아니라 적을 충분히 위협할 수 있는 스텔스전투기도 가질 날이 머지않게 되었소. 이에 대해 다시 한번 감사드리오."

"별말씀을 다 하십니다. 서로를 위한 일이었습니다."

태호의 대답에 금년 67세인 그가 다시 입을 떼었다.

"이제 스텔스전투기도 그렇고 금번에 요격 시험에 성공한 다윗의 물맷돌까지 이제 양산에 들어가야 하지 않겠소?"

"물론입니다. 우선 이스라엘 정부에서 필요한 만큼 구매해 주시면 우리 또한 전투기는 2021년부터 여타 MD 체계는 생산이 되는 대로 한국에도 배치할 계획이니 이를 양허해 주십시오."

여기서 잠시 베냐민 네타냐후 수상에 대해 언급하면 다음과 같다. 이 사람은 이스라엘 영토에서 태어난 최초의 총리로 주로 미국에서 배우고, 1980년대 후반 이스라엘 정계에 들어오기 전까지는 미국에서 활동한 사람이다.

그는 매사추세츠 공과대학교와 하버드대학교에서 공부하였고, 보스턴컨설팅그룹에서 근무하였다. 1982년에는 워싱턴의 주미 대사관에서 근무하였고, 1984년에서 1988년까지 주 UN 대사를 지냈다. 1988년 국회의원으로 선출되었고, 이츠하크 샤미르 정권에서 각료로 재직하였다.

그 후 리쿠드당의 영수가 되어서 1996년 총선에서 노동당의 시몬 페레스를 이기고 13대 총리가 되었고, 이 당시 아라파트와 많은 갈등을 빚었다.

그러나 이후로 부패 혐의로 인해 지지율이 떨어졌고, 1999년 총선과 총리 선거에서 대패하며 정계에서 떠나는 듯했다.

그러나 그는 불사조처럼 부활해 2009년 총선에서 카디마에게 근소하게 뒤졌지만(카디마 22.5% 28석, 리쿠드 21.6% 27석) 전체적으로 우파가 우세한 터라 두 번째로 총리가 되는 데 성공을 거두었다. 그 후 현재까지 장기 집권 하고 있는, 적에게는 매우 강경한 인물이었다.

그런 까닭에 그는 북과 대치하고 있는 한국에 대해 이해가 깊었고, 태호와 2009년 교분을 맺은 이래 그 어느 누구보다

돈독한 사이로 지내고 있었다. 아무튼 태호의 말에 베냐민 네타냐후 수상이 답했다.

"양허고 자시고 할 것이 무엇 있습니까? 다 귀 그룹에서 80% 이상의 자금을 투자해 개발하고 양산 단계에 들어간 것인데. 문제는 미국의 부당한 간섭인데 이를 저지하는 데 나도 한 팔 거들겠습니다."

"감사합니다, 수상 각하."

비로소 태호의 입에서 각하 소리가 튀어나왔다. 곧 두 사람은 화기애애한 분위기를 연출하며 많은 이야기를 나누었다.

곧 한 시간 후 수상 관저를 빠져나온 태호가 향한 곳은 텔아비브 인근 하트 조르 공군기지였다. 헤어지기 섭섭하다며 베냐민 네타냐후 수상이 동행을 자처하는 바람에 모든 것이 한결 수월했다.

아무튼 곧 태호의 요청에 의해 계획된 다양한 종류의 요격미사일 시험이 곧 시행되었다. 제일 처음으로 하늘을 향해 불기둥을 뿜은 것은 애로우-3였다. 애로우-3는 지상 100㎞ 이상의 대기권 밖에서 날아오는 탄도미사일을 고고도에서 요격할 수 있는 미사일이었다.

미국의 사드(THAAD: 고고도 미사일 방어 체계) 요격미사일과 비슷하다. 이 미사일은 기존 미사일과 달리 대기권 밖에서 목표물을 찾아 직접 파괴(Hit-to-kill)한다.

무게는 700kg, 최대 속도는 마하 9이다. 외기권(外氣圈) 요격은 궤도의 불확실성 문제가 있지만, 인공지능 시커(Seeker)를 장착한 애로우—3는 대부분의 문제를 이미 해결한 상태였다.

아무튼 이 애로우 미사일은 이스라엘로 보면 이란의 샤하브—3 탄도미사일을 대비해 개발됐다. 샤하브—3 미사일은 사거리 2,000km로, 중동에 있는 미국의 모든 군사기지와 이스라엘 전역을 사정 범위 안에 두고 있다.

A형부터 D형까지 4가지 종류가 있는 샤하브—3는 길이 16m, 직경 1.2m이며 최대 속도는 마하 21인 것으로 추정된다. 샤하브는 페르시아말로 '유성'이라는 뜻이다.

특히 샤하브—3 미사일은 북한의 노동 미사일을 복제한 것이라는 말을 들어왔다. 래리 닉시 미국 조지워싱턴대 교수는 '이란 샤하브—3 미사일과 북한 노동 미사일은 쌍둥이'라고 지적했다.

북한과 이란은 1980년대 초반부터 중·장거리 미사일 개발에서 긴밀한 협력 관계를 유지해 왔다. 이란은 북한으로부터 스커드—B(1987년), 스커드—C(1992년), 노동1호(1994년) 등 미사일을 수입한 것으로 알려졌다.

따라서 위에서 알 수 있듯 이는 이스라엘만이 아닌 쌍둥이인 북한의 미사일에도 매우 유용한 미사일 체계이기 때문에 이스라엘로서도 주저치 않고 양국을 위한 미사일을 공동으로 개발한 것이다.

아무튼 이스라엘은 애로우—3 4개 포대를 먼저 배치하고 차후에 4개 포대를 배치할 계획이다.

애로우—3의 1개 포대는 6발들이 4개의 발사대 차량과 탐지 장비, 통제장치 등으로 구성된다.

다음으로 발사된 것은 애로우—2였다.

제일 먼저 개발을 마친 이 미사일을 이스라엘은 이미 실전 배치해 놓고 있었다.

애로우—2 요격미사일의 최대 사거리는 90~148㎞, 요격 고도는 50~60㎞이다.

속도는 마하 9이다. 애로우—2는 날아오는 적의 미사일을 포착하고 요격미사일의 탄두를 폭파시켜 파편으로 파괴한다.

삼원 측은 그동안 애로우—2를 개량해 블록(Block) 1부터 5까지 개발했다.

애로우—2의 1개 포대는 이동식 발사대와 발사 통제 및 통신센터, 화력 관제 센터 및 이동식 레이더로 구성돼 있다.

발사대는 4개에서 8개가 있는데 1개 발사대에는 미사일 6발이 장착돼 있다.

다음으로 발사된 것은 애로우—1이었다. 이스라엘에서는 자체적으로 '다윗의 물맷돌'로 명명한, 최근 시험 발사에 성공한 미사일이었다.

이번 역시 대항미사일이 화려하게 불꽃을 뿜으며 사라지는 것을 보며 네타냐후 수상이 다짐하듯 말했다.

"올해부터 실전 배치에 들어가 MD 체계를 완성시켜 놓겠소."

"이제 두 발 쭉 뻗고 주무셔도 되겠군요."

"물론이오. 이 모든 것이 김 회장의 은공이라는 것을 잊지 않겠소."

이에 대해 태호는 미소로서 화답했다.

애로우—1(다윗의 물맷돌)은 사거리 40~300㎞인 미사일과 로켓을 요격하는 중거리 요격미사일 방어 체계이다. '마술 지팡이'로도 불리는 '다윗의 물맷돌'은 구약성서에서 고대 팔레스타인의 거인 장수 골리앗을 물맷돌로 쓰러뜨린 다윗의 이야기에서 따온 이름이다.

'다윗의 물맷돌'의 스터너(Stunner) 요격미사일은 최대 사거리가 300㎞에 달하고 요격 고도는 50~70㎞이다. 속도는 마하 7.5이다. 이 미사일은 밀리미터파 대역의 AESA 레이더와 전자광학 및 적외선 영상탐색기 등으로 구성된 탐색 체계가 장착돼 있어 패트리엇—3(PAC—3)보다 우수하다는 평가를 듣고 있다.

이 미사일은 16발이 들어가는 발사관에 장착된다. 또 적 항공기 요격용으로 전환할 수도 있다. 탄두나 근접신관(일정 거리에 접근하면 자동 폭발하는 신관) 없이 충격 속도로 미사일을 파괴하며 전천후 발사가 가능하다.

대당 가격은 100만 달러이다. 중, 단거리 미사일에 대응하기 위한 목적으로 만들어졌다. 또 하나, 이스라엘은 현재 단거리 로켓 방어 시스템인 '아이언 돔(Iron Dome)'을 운용하고 있다.

아이언 돔은 2012년 11월 이스라엘과 하마스 간의 전쟁에서 엄청난 위력을 발휘했다.

아이언 돔은 당시 하마스가 발사한 가자지구에서 이스라엘을 향해 발사된 로켓 737발 중 273발에 대해 격추를 시도해 245발을 요격했다.

아이언 돔은 사거리 4~70㎞ 로켓과 155㎜ 포탄을 요격하기 위해 삼사 합작으로 개발됐다. 노스롭그루먼, IAI, 한국항공우주산업(SAI)의 합작으로 개발된 이 아이언 돔은 탐지레이더, 추적 시스템과 화력 통제 시스템, 1발에 5만 달러인 요격미사일 20발이 든 발사대 3개로 구성된 이동식 포대이다.

요격미사일은 타미르라고 부르는데, 길이 3m, 지름 15㎝, 무게 90㎏, 사거리 4~70㎞이고 탄두에 11㎏의 폭약을 탑재하고 있다. 레이더로 로켓이나 포탄을 감지하고 추적해 요격까지 걸리는 시간은 15~25초 정도이다.

아이언 돔 1개 포대가 15~150㎢에 이르는 지역을 방어할 수 있다. 1개 포대의 가격은 5,000만 달러이다. 이스라엘은 현재 8개 포대를 실전 배치 한 상태이다.

또 태호의 지시로 삼사는 레이저 무기도 개발하고 있다. '아이언 빔(Iron Beam)'이라고 불리는 이 무기는 트럭 모양의 레이저 빔 발사대와 레이더, 통제소로 구성됐는데, 날아오는 적 로켓이나 포탄, 박격포탄, 소형 무인기 등을 요격할 수 있다.

사거리는 최대 7㎞이고 레이저 빔을 한 번 쏘고 4~5초면 다시 쏠 수 있다. 앞으로 2~3년 후면 실전 배치가 가능할 것으로 보인다. 또 삼사는 적의 미사일을 감지, 추적할 수 있는 레이더들도 개발해 왔다.

가장 뛰어난 위력을 보이는 레이더는 EL/M—2080 그린파인이다. 그린파인 레이더의 탐지 거리는 최대 500㎞이다. 30여 개의 표적을 동시 추적 할 수 있는 그린파인 레이더는 미사일 상승 단계부터 궤적을 추적해 작전통제소로 전송하고 통제소는 예상 낙하지점을 파악해 미사일 정보를 전달함으로써 대비할 수 있도록 한다.

그린파인 레이더는 최대 500㎞까지 탐지할 수 있다. 삼사는 그린파인 레이더를 한 단계 업그레이드해 EL/M—2080S 수퍼 그린파인 레이더도 개발했다. 이 레이더는 그린파인보다 출력이 2배 정도 더 높으며, 작고 강력한 신형 송수신 모듈 적용으로 탐지 거리가 900㎞까지 대폭 확대됐다.

이스라엘은 애로우—2와 애로우—3에 슈퍼 그린파인 레이더를 사용하고 있다. 우리나라 공군도 현재 슈퍼 그린파인 레이더 2대를 운용하고 있다. 이스라엘은 '다윗의 물맷돌'에는 AESA 레이더를 사용하고 있다.

이 레이더의 축소형 모델은 아이언 돔의 레이더로 운영되고 있다. AESA 레이더는 최대 탐지 거리가 350~400㎞에 달하며 1,200개의 표적을 동시에 탐지할 수 있다. 이 레이더가 대포병용으로 사용될 경우 포탄과 로켓탄 등의 소형 표적을 100㎞ 밖에서 탐지할 수 있으며, 200개의 표적을 동시에 탐지할 수 있다.

애로우—2와 3 및 '다윗의 물맷돌', 아이언 돔을 모두 가동한다면 이스라엘의 하늘은 완벽한 '철(鐵)의 지붕'이 될 수 있다. 그들만이 아니다. 태호는 이를 한국에도 모두 배치할 예정이다.

정부에서 구매하면 더욱 좋고 아니면 자비라도 들여 조국의 하늘을 지켜낼 생각인 것이다.

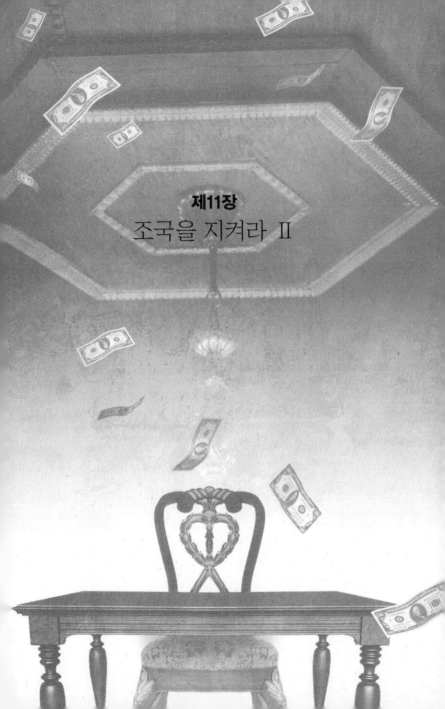

제11장

조국을 지켜라 Ⅱ

모든 시험 발사 광경을 목격한 태호의 얼굴은 군다 못해 비장감마저 넘쳐흐르고 있었다. 그런 그 표정 그대로 태호가 베냐민 네타냐후 수상에게 말했다.

"아이언 돔은 물론 애로우―3, 2, 1에 이르기까지 각각 열 개 포대를 제작해 한국에 배치하려 합니다. 협조해 주시겠죠?"

"물론입니다. 귀 그룹의 전적인 후원에 힘입어 개발한 무기인데 우리로서는 반대할 명분이 없을 뿐만 아니라 같은 처지의 나라로서 적극 지지 하겠습니다."

"감사합니다, 수상 각하."

감사를 표한 태호로서는 아이언 돔이 적이 발사하는 단거리 로켓과 155㎜ 포탄을 요격하는 데도 성공한 무기이니 북한이 대량 보유한 장사정포에는 막을 수 있다, 없다는 등의 논란이 있으나 그에 구애받지 않고 5억 달러를 들여 수도권 일대를 방어할 목적으로 10개 포대를 배치하기로 결심한 것이다.

백번 양보하여 적의 장사정포를 다 막아내지 못하더라도 일단 유사시 아국 국민을 보호하는 것이니 좋고, 또 적의 로켓이나 각종 포로부터 보호할 수 있으니 자비를 들여서라도 실전 배치 해놓을 생각인 것이다.

여기에 애로우—3, 2, 1까지 각각 10개 포대를 배치한다면 한국의 영공은 다층 방어 체제가 완성되어 적의 어떠한 미사일 도발도 막아낼 수 있을 것이다. 이렇게 된다면 한국 국민 누구나 발을 뻗고 잘 수 있는 것은 물론, 훗날 사드 배치를 놓고 중국의 경제 보복을 두려워하지 않아도 되는 효과도 있었다.

따라서 돈이 얼마가 들던 간에 아낌없이 투자하기로 한 것이다. 이렇게 한국의 영공을 적의 미사일로부터 보호한다고 해도 태호로서는 찜찜한 면이 있었다. 그래서 태호는 다시 베냐민 네타냐후 수상을 보고 말했다.

"최근 IAI가 자체 개발에 성공한 인공위성 텍사(TECSAR)를 열 개 구매해 북한 및 주변 지역을 정찰하는·데 사용하고 싶습니다. 물론 IAI가 발사까지 해주시기 바랍니다."

"탁월한 선택이십니다. 아시다시피 우리에게 우주 기술은 생존의 문제였습니다. 같은 크기의 인공위성을 우주에 쏘아 올린다면 그건 다른 나라 위성보다 성능이 더 뛰어나야만 했지요. 주변 국가들과 전쟁이 잦은 이스라엘은 인공위성에 달린 카메라로 주변 국가를 얼마나 정확하게 정찰하느냐에 따라 생존이 갈릴 수도 있었으니까요. 지금은 과거와 달리 정세가 다소 안정됐습니다만, 아직도 이스라엘 인공위성은 최고의 효율성을 자랑합니다. 동급 인공위성 중에서는 이스라엘 제품의 성능이 뛰어나다는 뜻입니다. 따라서 이를 10기나 구매해 하늘에 띄워놓는다면 북한 전역을 손금 들여다보듯 훤히 알 수 있을 것입니다."

여기서 태호가 구매해 북한 상공에 띄워놓겠다는 정찰위성 텍사(TECSAR)는 어두운 밤이나 구름이 잔뜩 낀 흐린 날에도 지상을 정밀하게 촬영할 수 있는 영상레이더(SAR)를 갖추고 있었다.

주야간 및 전천후 조건에서 선명한 영상을 제공하도록 설계된 합성 개구 레이더 페이로드를 사용한다. 따라서 매우 높은 해상도와 가벼운 중량으로 인한 탁월한 고기동성을 갖춘 텍사는 소유 군 사용자에게 다양한 범위의 전술 정보 수집 역량을 제공하도록 설계되어 있는 최첨단 장철 위성이었다.

요즈음 한국에서도 정찰 위성 5기를 자체적으로 개발해 띄울 계획을 세우고 있으나 아직 확정되지 않아 전혀 예산이 반영되지 않은 상태이다. 그러나 태호는 북한의 4차 핵실험으로 인해 위기가 점차 고조되자 한국 국방부의 계획과는 상관없이 자비를 들여 북한 전역은 물론 중국과 러시아 및 일본 전역까지 들여다보려는 것이다.

정부의 예산을 보면 개발에서 발사까지 5기에 1조 원이 들것이라 예상하고 있었다. 그러나 기 개발된 것이고 자신의 산하 기업이기 때문에 1조 원을 들인다면 10기까지 충분히 발사할 수 있으리라 판단한 것이다.

아무튼 태호의 욕심은 여기에서 접어야 했다. 삼사가 자체개발한 미사일에는 대륙간 탄도미사일(ICBM)이라고 볼 수 있는 예리코(Jericho)—3와 예리코—2 중거리 미사일도 있었다.

예리코—3는 3단 고체 연료 로켓이며, 길이 15.5m, 직경 1.56m, 중량 30t, 탄두 무게 1,000~1,300kg이다.

예리코—3는 750kg짜리 1개의 핵탄두, 또는 2~3개의 MIRV 핵탄두를 탑재할 수 있다. 사거리는 4,800~6,500km로, 미국 의회조사국은 예리코—3 미사일이 탄두 무게를 1t으로 할 경우 사거리가 1만 1,500km라고 평가했다.

이스라엘은 2011년 11월 예리코—3의 개량형을 성공적으로 시험 발사 한 적이 있다.

이스라엘이 보유한 탄도미사일 중 또 하나의 미사일은 핵탄두를 탑재할 수 있는 예리코(Jericho)—2이다. 이 이름은 성경에 나오는 도시인 예리코에서 따왔다.

예리코는 구약성서에서 이스라엘 민족이 나팔 소리와 큰 고함만으로 성벽을 무너뜨린 도시로 유명하다. 난공불락의 요새이던 예리코가 신(神)의 뜻으로 멸절(滅絶)했다는 의미에서 이 미사일에 이런 이름을 붙인 것이다.

예리코—2는 고체 연료를 사용하는 2단 중거리미사일이다. 길이 14m, 직경 1.56m, 중량 26t, 탄두 무게 1t인 예리코—2는 1메가톤급 핵탄두를 운반할 수 있다. 사거리는 1,500km이다. 따라서 예리코—2로만으로도 북한 전역을 공격할 수 있다.

그렇지만 우리나라와 미국이 맺은 미사일 지침에 저촉되어 들여올 수 없는 것이 한이었다. 그 한은 여기에서 멈추지 않았다. 삼원의 노력이 아니라도 우리나라는 6개월만 시간을 주면 자체 핵무기 개발을 완료할 수 있는 국가이다. 만약 이 과정에서 이스라엘의 협조를 얻는다면 그 과정은 더욱 단축될 수 있을 것이다.

이스라엘은 공식적으로 핵 보유를 시인도 부인도 하지 않고 있으며(NCND), 핵확산금지조약(NPT) 가입도 거부해 왔다. 이스라엘의 역대 지도자 중 어느 누구도 지금까지 핵무기에 대해 언급한 사람은 없다.

역대 지도자들은 이스라엘의 생존이 무엇보다 중요하다고

생각해 왔다. 이런 맥락에서 볼 때 이스라엘의 핵무기 보유는 공공연한 사실이다. 핵 주권을 스스로 굳건하게 지키고 있다고 말할 수 있다.

이스라엘은 1948년 건국한 직후부터 아랍 국가들에 둘러싸여 있는 현실을 고려해 핵 개발을 추진해 왔다. 이스라엘이 본격적으로 핵 개발에 착수한 것은 1956년 10월 17일 프랑스와 비밀 합의 한 것이 계기가 됐다.

당시 이스라엘은 프랑스, 영국과 함께 수에즈운하를 국유화한 이집트를 공격하기로 합의했다. 대신 프랑스는 이스라엘의 네게브 사막에 있는 디모나에 원자로와 재처리 시설을 지어주고 우라늄을 공급해 주기로 약속했다.

디모나는 이후 이스라엘의 가장 중요한 핵무기 개발 시설이 됐다. 영국도 1959년과 1960년 플루토늄 생산에 꼭 필요한 중수 20t을 이스라엘에 제공했다. 이스라엘의 핵개발에 필요한 자금은 미국의 유대인계 부자들이 모금했다.

프랑스는 1960년 2월 13일 식민지이던 알제리의 사하라사막 지하에서 최초로 지하 핵실험을 실시했다. 이 핵실험으로 프랑스는 핵보유국이 됐고, 이스라엘은 프랑스로부터 핵 기술을 제공받았다.

이스라엘은 1967년 제3차 중동전쟁(6일 전쟁) 이후 핵실험 없이 핵폭탄을 제조했다. 미국은 1968년 이스라엘이 핵폭탄을 제조한 사실을 알았지만 문제 삼지 않았다. 골다 메이어 이스라엘 총리는 1969년 9월 25일 백악관을 방문해 리처드 닉슨 미국 대통령과 회담했다.

당시 두 정상(頂上)은 '이스라엘이 공개 선언이나 핵실험을 통해 핵무기의 보유를 밝히지 않으면 미국은 이스라엘의 핵 프로그램을 묵인하고 보호할 것'이라는 내용의 비밀 협약을 맺은 것으로 추정된다. 이 비밀 협약의 내용은 지금까지 밝혀지지 않고 있다.

이스라엘은 현재 80~300개의 핵폭탄을 보유한 것으로 추정된다. 스톡홀름 국제평화연구소(SIPRI)에 따르면 이스라엘이 보유한 핵폭탄은 80개이다. 영국의 군사 컨설팅 업체인 제인스인포메이션그룹은 이스라엘이 100~300개의 핵탄두를 보유하고 있다고 보고 있다.

국제전략문제연구소(IISS)는 이스라엘의 핵탄두 수를 200개로 추산했다. 또 미국의 핵 확산 반대 비정부기구인 핵위협 이니셔티브(NTI)의 추정치는 100~200개이다.

'이스라엘과 핵폭탄'이란 책을 쓴 미국의 애브너 코언은 이스라엘이 적게는 수십 개, 많게는 300개가 넘는 핵무기를 가지고 있다고 추정했다. 지미 카터 전 미국 대통령도 2008년 이스라엘은 최소 150기의 핵미사일을 보유하고 있다고 언급한 적이 있다.

위와 같은 국가에서 핵 개발을 도와준다면 한국은 약 3개월 정도면 핵을 완성할 수 있을 것이다. 아무튼 이런 아쉬움 속에 베냐민 네타냐후 수상을 보낸 태호는 곧 전 수행원을 이끌고 텔아비브 시내에 있는 삼원호텔로 향했다.

사업을 위해서는 한국 사람이 수없이 이스라엘을 드나들어야 하기 때문에 삼원그룹 측은 텔아비브에도 20층 높이의 호텔을 건립해 자사 직원 및 한국인이 이용할 수 있도록 해오고 있었다.

아무튼 호텔에 도착한 태호는 최상층에 위치한 VIP용 스위트룸에 들어 수행한 간부들과 회합을 가졌다. 이 자리에 참석한 면면을 보면 IAI 사장 겸 최고경영자 조셉 웨이스, 노스롭 그루먼의 웨스 부시 회장, 그리고 한국 측에서는 삼원항공우주산업의 이진욱 회장, 삼원조선의 박동호 사장과 김병수 비서실장이 배석했다.

룸 내에 비치된 장방형 테이블의 헤드 테이블에 자리 잡은 태호가 면면을 둘러보더니 심각한 안색으로 말했다.

"핵 잠수함을 건조해야겠소. 목표는 9척으로 하되 우선은 6척을 동시에 건조하세요. 그렇게 되면 수주 격감으로 허덕이는 조선 경기도 일시에 풀릴 것이나 문제는 원자로요. IAEA나 미국이 용인할 리 없으니 원자로는 20% 농축우라늄을 이용하는 원자로를 설계해 주시오. 이는 IAEA 규정을 어기는 것도 아니니 미 정부도 용인해 줄 것이오."

태호의 말을 받아 조선의 박동호 사장이 물었다.

"장보고─Ⅲ 사업 규모인 3,000톤급입니까?"

"그렇소."

장보고─Ⅲ 사업은 3,000톤급 수직발사관 6기를 갖춘 잠수함 2척을 오는 2022년까지 해군에 전력화한다는 목표를 가지고 추진하고 있다. 총 9척을 목표로 이 목표가 달성되면 배치 2에 해당하는 5~6번함 건조 시기에는 '핵 추진 잠수함'의 건조 능력이 완성될 수 있다고 보고 있다.

군 당국은 장보고─Ⅲ 수직 발사기에 SLBM 탑재도 고려하고 있다는 것이다. 일례로 군 소식통은 3천 톤급 잠수함 수직발사관 장비와 관련한 입찰 제안서 평가를 진행한다는 점을 밝히며, 기존에 개발된 탄도미사일이나 순항미사일을 탑재할 예정이라고도 전했다. 사실상 SLBM을 도입하겠다는 뜻이다,

여기에 태호는 자비를 들여 핵 잠수함 9척을 건조하겠다는 것이다. 아무튼 20% 농축우라늄을 사용하는 핵 추진 잠수함을 건조하라는 말에 노스롭그루먼의 웨스 부시(Wes Bush) 회장이 고개를 흔들며 말했다.

"너무 비효율적입니다. 20% 농축우라늄을 사용하는 핵추진 잠수함은 매 3~4년을 주기로 원자로를 교체하여야 하는데……. 러시아나 미국처럼 90% 농축우라늄으로 할 수만 있

다면 30년 동안 교체를 할 필요가 없는데……."

"누구는 그렇게 하고 싶지 않아 안 하는 줄 아시오? 한국의
현실이 그러니 최선의 방안을 찾은 것이 이것이죠. 그나마도
미국의 용인이 있어야 하니 골치 아프긴 하오. 하지만 국제 정
세가 더욱 복잡해지면 그 정도는 미국도 용인할 것이니 그렇
게 알고 원자로 개발을 추진하시오."

"네, 회장님."

답하는 웨스 부시를 잠시 소개하면 그는 미국 매사추세츠
공과대학(MIT)에서 전자공학으로 석사 학위까지 받은 사람으
로, 1987년 시스템 엔지니어로 항공우주기기 제조 업체 그루
먼에 입사했다.

그러다 2002년 노스롭이 그루먼을 합병했다. 합병 당시 부
시는 그루먼의 항공 시스템 부문 영국 자회사에서 사장 겸
CEO를 맡고 있었다. 노스롭그루먼에서 부시는 승승장구했다.

2005년 부사장 겸 최고재무책임자(CFO)로 승진한 뒤 2007년
최고운영책임자(COO)를 역임하고 2010년 1월 사장 겸 CEO에
올랐다. 회장으로 등극한 것은 2011년 7월이었다. 그만큼 경영
능력을 인정받았기 때문이다.

그런데 여기서 이의를 제기하고 나서는 사람이 있었다. 비
서실장 김병수였다.

"아무리 애국도 좋지만 그룹의 자비로 다층 미사일 방어 체

계에 정찰 위성, 여기에 핵 잠수함까지 우리가 사고 제작해 나라에 헌납하다 보면 아무리 세계 1위의 우리 그룹이라도 출혈이 너무 큽니다. 그러니……."

이 대목에서 태호가 그의 말을 잘랐다.

"잘나가는 기업 두서너 개의 지분만 팔면 더한 것도 할 수 있으니 너무 과민 반응을 보이지 마시오."

이렇게 두 사람 간에 의견 차이가 조정되자 IAI의 조셉 웨이스 사장이 끼어들었다.

"차라리 이스라엘이 보유하고 있는 돌핀급 잠수함을 건조하는 것은 어떻겠습니까, 회장님?"

"흐흠……!"

태호가 생각에 잠겨 있는데 웨이스가 보충 설명을 했다. 그의 말을 요약하면 다음과 같은 내용이다.

이스라엘이 보유하고 있는 돌핀급 잠수함은 핵탄두를 탑재한 크루즈미사일을 발사할 수도 있다. 독일 HDW사가 제작한 돌핀급 잠수함은 길이 57.3m, 너비 6.8m에 배수량 1,640t(수중 1,900t)으로 수중에서 최고 20노트로 항행하며 순항 거리는 4,500㎞이고 200m까지 잠수할 수 있다.

승조원 35명에 특수부대원 10명을 태운 채 한 달간 작전할수 있다. 또 선수에 구경 650㎜의 어뢰관 4기와 533㎜ 발사관6기 등 모두 10기를 갖추고 있다. 또 6발을 재장전해 발사할 수 있다.

650㎜ 발사관으로는 순항미사일이나 탄두 중량 227㎏, 사거리 130㎞의 잠대지 하푼 미사일을 발사할 수 있고, 수중추진기에 탑승한 특수부대원을 외부로 보내는 등 지상과 해상 표적 공격 능력을 갖추고 있다.

이스라엘은 현재 돌핀급 잠수함 5척을 보유하고 있으며, 내년까지 1척을 추가로 도입할 예정이다. 이 잠수함은 팝아이(Popeye) 터보 크루즈 핵미사일을 탑재할 수 있다.

이 미사일은 650㎜ 어뢰관에서 발사되며 길이 6.25m, 사거리 320㎞이다. 이 미사일은 2002년 시험 발사에서 1,500㎞를 비행했다는 내용이었다. 이 말을 들은 태호가 답했다.

"아무래도 그보다는 배수량이 큰 장보고 Ⅲ급이 낫겠소."

이를 받아 웨스 부시가 물었다.

"회장님, 차라리 항공모함을 건조하는 것은 어떻겠습니까?"

"나도 그 문제에 대해 생각해 보았는데, 시기상조인 것 같소. 만약 남북이 통일된다면 대양 해군을 지양해야 하므로 그때는 충분히 검토해 볼 만하다고 생각하오."

노스롭그루먼 회장 웨스 부시가 그런 말을 하는 데는 다 이유가 있었다. 노스롭그루먼은 그동안 휴즈의 레이더 전자부품 부문, 웨스팅하우스, 로지콘 등을 합병하고 뉴포트 조선소를 인수하는 등 몸집을 크게 불렸다.

따라서 현재 'F—35'와 'F—22' 레이더 부문을 담당하고 있고 차기 항공모함 '제럴드 R. 포드급 항모'의 주계약자이다. 그런 고로 회사 자체적으로 최신에 항공모함을 건조할 실력이 되니 이를 한번 검토해 보기 바란 것이다.

아무튼 노스롭그루먼은 이 외에도 '글로벌호크'와 같은 각종 무인항공기(UAV)를 제작하고 있을 뿐만 아니라, 레이시온과 함께 레이더 분야의 강자로 'E—737' 등 대부분의 조기 경보기도 노스롭그루먼의 손을 거쳤다.

노스롭그루먼은 지난 10월 'B—2'와 'B—52' 등을 대체할 미 공군 차세대 장거리 전략폭격기(LRSB) 사업자로 선정됐다. 주지하다시피 노스롭그루먼은 '검은 가오리'라 불리는 장거리 전략 폭격기를 생산한 회사이기도 하다.

태호는 회의를 마무리 짓기 위해 지금까지 나온 내용을 가지고 정리했다.

"여러분도 잘 알다시피 미사일의 눈에 해당하는 레이더 외에는 모든 부품을 생산해 IAI에서 조립해 왔소. 따라서 우리가 구매하기로 한 아이언 돔에서부터 애로우—3까지 각각 10개 포대를 한국에서 조립하고 싶소. 따라서 부시 회장은 조속히 레이더를 제작해 한국에 보내주시고, 웨이스 사장은 조립 기술자들을 한국에 파견해 이를 도와주시기 바랍니다. 아시겠죠?"

"네, 회장님."

두 사람의 대답에 만족한 듯 고개를 끄덕이던 태호의 말이 이어졌다.

"정찰위성은 기 언명한 대로 10기를 신속히 제작하여 발사까지 책임져 주시오. 아시겠죠, 웨이스 사장?"

"네, 회장님."

"3천 톤급 핵 잠수함 9척도 빠른 시간에 건조해 낼 수 있도록 부시 회장은 원자로 설계 및 제작에 착수하시고, 박 사장은 돌아가는 대로 당장 가능한 최대의 동시 건조를 추진해 빠른 시간 내에 배치를 끝낼 수 있도록 해주시오."

"알겠습니다, 회장님."

"차세대 전투기 문제는, 흐흠……."

잠시 생각하던 태호가 웨이스 사장에게 물었다.

"지금 총리와 통화가 가능하겠소?"

"네, 바로 시도해 보겠습니다."

곧장 일어난 웨이스 사장은 전화기가 있는 곳으로 걸어갔다. 그리고 몇 마디 대화를 나누는 것 같더니 전화기를 들고 한참을 서 있었다. 잠시 후 그런 그가 말했다.

"총리께서 나와 계십니다."

"고맙소."

자리에서 일어나 걸어가며 답변한 태호가 전화기를 받아

들고 말했다.

"폐를 끼치는 것은 아닌지 모르겠습니다."

"우리 사이에 무슨 말이 그러하오. 하하하! 하실 이야기라도 있소?"

"금번에 양산에 들어갈 차세대 전투기 말입니다."

"네, 계속하시죠."

"그걸 이스라엘은 구매할 의사가 없습니까?"

"모든 것은 각료 회의와 의회의 동의를 받아야겠지만, 내 생각으로는 우리도 5년에 걸쳐 100대쯤 구매하고 싶소이다."

"기존 전투기도 있는데 그렇게 많이 가능하겠습니까?"

"가격 대비 너무 뛰어난 성능 때문에 탐이 난다오."

"하하하! 그건 수상 각하의 생각만이 아닐 것입니다. 우리의 양산 소식이 전파를 타기 시작하면 F—35를 구매하기로 한 국가들도 대거 우리 제품을 사지 않을까 생각하고 있습니다. 또한 신규 구매를 원하는 나라도 많을 것이고요. 예를 들면 인도네시아나 터키 등을 들 수 있겠죠."

"나도 외교적으로 타국도 구매할 수 있도록 적극 돕겠습니다. 많이 생산될수록 단가가 내려갈 것이니 이는 우리에게도 좋은 일이니까요."

"감사합니다. 내일 작별 인사차 찾아뵙겠습니다."

"그렇게 빨리 귀국하십니까?"

"할 일이 너무 많아서요."

"하긴 세상에서 제일 바쁜 분 중의 한 분이 김 회장님이 아닌가 합니다. 하지만 그냥은 서운하니 오늘 저녁 만찬이라도 함께합시다."

"알겠습니다. 저녁때 찾아뵈도록 하겠습니다."

"기다리고 있겠습니다."

이렇게 되어 태호는 베냐민 네타냐후 수상과 이날 저녁 만찬을 함께 하고 다음 날은 귀국길에 올랐다.

그런데 태호와 네타냐후 수상 간의 대화 중 태호가 언급한 이스라엘의 기존의 전투기라는 것은 F—16I와 F—15I를 말하는 것이다. 이스라엘은 핵폭탄을 투하할 수 있는 F—16I와 F—15I를 보유하고 있다.

이 전폭기들은 연료를 대량으로 탑재할 수 있고 필요하면 공중 급유를 받을 수도 있다. 특히 F—16I 수파(Sufa)는 이스라엘의 요구에 따라 미국이 제작한 비행기로 기존의 F—16과는 다른 전투기이다. 수파는 히브리어로 '폭풍'이란 뜻이다.

이스라엘 공군은 모두 102대를 미국 록히드마틴사로부터 도입했다. F—16I의 특징은 최대 2,000L 이상의 연료를 추가로 탑재할 수 있어 작전 반경이 최대 2,000㎞에 달한다는 것이다. 장거리 폭격을 염두에 두고 제작된 전투기라고 볼 수 있다.

＊　　　＊　　　＊

다음 날 밤늦게 귀국한 태호는 이튿날 대통령과의 면담을
요청해 대통령 집무실에서 그녀를 마주하고 있었다. 이 자리
의 참석자는 청와대 측에서는 이병기 비서실장 단 한 사람이
었고, 삼원 측은 삼원항공우주산업의 이진욱 회장, 삼원조선
의 박동호 사장, 또 김병수 비서실장이 배석하고 있었다.

"북한의 핵실험으로 인해 위협을 느끼고 있을 전 국민에게
위로가 되는 말을 전하기 위해 나를 만나자고 했다는데, 그
내용이 뭔가요?"

박 대통령의 물음에 태호가 미소를 띠고 답했다.

"우선 드리고 싶은 말씀은 이스라엘에서 이미 실천 배치했
고 곧 실전 배치될 아이온 돔에서부터 애로우―3, 2, 1을 각각
열 개 포대씩 제작해 전국 요소요소에 배치하고 싶습니다, 대
통령님."

"그게 무슨 말인가요? 자세한 설명을 부탁드려요."

대통령의 말에 태호가 눈짓하니 이의 개발에 깊숙이 관여
한 이진욱 박사가 세세한 설명을 하기 시작했다.

"이스라엘의 IAI, 미국의 노스롭그루먼, 그리고 삼원항공우
주산업 합작사가 개발한 다층 미사일 방어 체계 중 아이언 돔

부터 말씀드릴 것 같으면 이는 적의 로켓포는 물론 155㎜포, 심지어 박격포탄도 막아낼 수 있는 방어체계로, 수도권 일원에 배치해 북한의 공격을 막아내려 합니다. 장사정포 공격에는 논란의 여지가 있으나 제가 볼 때는 전부는 아니더라도 상당 부분을 커버할 수 있을 것으로 보고 있습니다, 대통령님."

"굉장하군요. 그럼 다른 미사일은 어떤 효용이 있나요?"

대통령의 물음에 이 박사가 계속해서 애로우―3, 2, 1에 대해 자세히 설명했다. 이에 두 눈이 커질 대로 커진 박 대통령이 물었다.

"그렇게 좋은 무기들이 열 개 포대씩이나 배치된다면 적의 어떠한 미사일 공격도 두렵지 않겠으나 문제는 정부가 이를 사들일 돈이 없다는 것이죠."

"그건 우리 그룹에서 나라에 헌납하는 것으로 하겠습니다."

태호의 답변에 얼마나 놀랐는지 박 대통령이 자리에서 벌떡 일어나 물었다.

"그게 정말입니까, 김 회장님?"

여간해서는 '님' 자를 생략하며 도도하던 그녀가 '님' 자까지 붙여주며 놀라움을 표시하자 태호는 빙긋 웃으며 한 술 더 떴다.

"뿐이 아닙니다, 대통령님. 우리 삼원그룹에서는 군사용 정찰위성 10기도 조만간 하늘에 띄워 우리의 전략 자산만으로도 적의 동태를 손금 보듯 훤히 꿰뚫어 볼 수 있도록 하겠습니다."

"그것도 삼원그룹에서 공짜로 제공한다고요?"

"그렇습니다, 대통령님. 뿐만 아니라 3천 톤급 핵 잠수함도 9척 건조하여 헌납하려 하니 미국의 간섭을 막아주셨으면 합니다."

"더 놀랄 일이 또 있습니까?"

"이젠 없습니다."

"호호호! 실로 어려움을 당했을 때 그 사람의 진정한 가치를 알 수 있다는 말이 있지만, 삼원그룹이야말로 진정 애국이 무엇이고 산업 보국을 실천하는 기업이군요. 참으로 김 회장님이 존경스럽습니다."

"별말씀을 다 하십니다. 우리 그룹이 세계 제1의 기업이 될 수 있던 것은 국민 모두가 우리 그룹을 아껴준 덕분이기에 차제에 이를 보답하는 차원이니 달리 생각 말아주시기 바랍니다."

"호호호! 좋아요! 멋져요! 다른 것은 몰라도 내 최선의 노력을 다해 원자력 핵 잠수함은 자체 건조할 수 있는 방안을 마련해 볼게요."

"90%짜리는 어려울 것이고 20% 농축우라늄을 사용한다면 미국도 용인해 줄 것입니다."

태호의 말이 완전히 이해가 되지 않는지 박 대통령의 시선이 이병기 실장에게로 향했다. 이에 IAEA 규정까지 들먹이며 자세히 설명하는 이 실장이다. 곧 그의 설명을 다 들은 박 대통령이 말했다.

"주도면밀하시군요. 그렇게까지 계획하고 계신다는데 미 정부로부터 승인을 받지 못한다면 말도 안 되겠지요. 최선을 다해 핵 잠수함 건조가 가능하도록 하겠습니다. 그러나저러나 위에 열거한 사항만 해도 천문학적 돈이 들어갈 텐데, 괜찮겠어요?"

"우리 그룹이 51%를 소유하고 있는 애플의 총 주식 가격이 얼마인지 아십니까?"

그녀가 답할 새도 없이 태호가 바로 즉답했다.

"자그마치 8천 85억 달러입니다. 이를 원화로 계산하면 대략 900조 원 정도 됩니다. 그러니까 그 절반이 우리 그룹의 자산이니 이를 매각한다면 450조 원 정도가 그룹의 수중으로 들어옵니다. 따라서 큰 걱정 않으셔도 될 겁니다."

"……"

태호의 말에 박 대통령이 입만 쩍 벌리고 있는데 이병기 실장이 말했다.

"내가 알기로는 세계 시가총액 기준 1위부터 10위까지의 기업 중 삼원그룹이 소유한 회사가 7개나 끼어 있다면서요?"

이 실장의 물음에 태호가 빙그레 웃고 있는데, 머리가 비상한 김병수 비서실장이 서둘러 답변했다.

　"그렇습니다. 시총 1위인 삼원전자의 8천 5백억 달러를 필두로 2위 애플, 3위 삼원자동차, 4위 구글, 5위 마이크로소프트, 6위 페이스북, 7위 아마존까지 1위부터 7위까지 휩쓸고 있죠. 이를 다 합하면 시가총액이 대략 4조 5천억 달러가 되니 명실공히 세계 제1위 기업이 삼원그룹이죠."

　"제가 알고 있는 것보다 더 대단한 기업이 삼원그룹이네요. 이건 드릴 말씀이 아니지만, 그 정도 부자라면 나라를 위해 몇백 조 투자하는 것도 충분히 가능한 일이겠네요. 하지만 어느 그룹이 아무리 나라를 위한다는 명분이 있다지만 쉽게 그런 결단을 내리겠어요. 참으로 훌륭한 기업이고, 김 회장님이 존경스럽습니다."

　박 대통령의 말에 태호가 여전히 빙긋 웃음만 짓고 있는데 이병기 실장이 박 대통령과 태호를 번갈아 바라보더니 물었다.

　"국민을 안심시키기 위해서라도 지금까지 나온 내용을 가지고 서둘러 공동발표문을 발표하시는 건 어떻겠습니까?"

　"당연히 그래야죠."

　박 대통령의 말에도 신중한 기색의 태호가 말했다.

　"제 얼굴에, 아니, 우리 그룹 스스로가 금칠을 하는 것 같아 좀 그렇기는 하네요."

"그건 절대 아니죠. 함께 기자회견에 임합시다."

"알겠습니다."

이렇게 되어 약 30분 후에는 참석한 사람 모두가 춘추관의 기자회견장에 서게 되었다.

『재벌 닷컴』8권에 계속…

초대형 24시 만화방

신간 100%, 샤워실, 흡연실, 수면실(침대석), 커플석, 세탁기 완비

▪ 광명 광명사거리역점 ▪

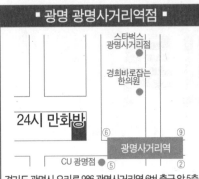

경기도 광명시 오리로 986 광명사거리역 6번 출구 앞 5층
02) 2625-9940 (솔목타워 5층)

▪ 강북 노원역점 ▪

서울 노원구 상계동 340-6 노원역 1번 출구 앞 3층
02) 951-8324 (화용빌딩 3층)

▪ 일산 정발산역점 ▪

라페스타 E동 건너편 먹자골목 내 객잔건물 5층
031) 914-1957

▪ 일산 화정역점 ▪

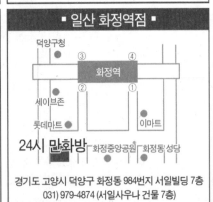

경기도 고양시 덕양구 화정동 984번지 서일빌딩 7층
031) 979-4874 (서일사우나 건물 7층)

▪ 부천 역곡역점 ▪

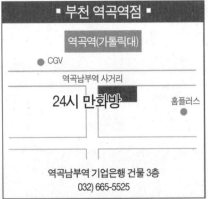

역곡남부역 기업은행 건물 3층
032) 665-5525

▪ 부평역점 ▪

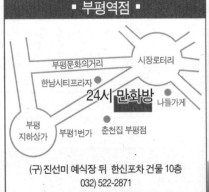

(구) 진선미 예식장 뒤 한신포차 건물 10층
032) 522-2871

크레도 장편소설
FUSION FANTASTIC STORY

톱스타 이건우

열정만으로 성공하는 것은 아니다!

어중간한 실력으로 허송세월하던 이건우.

그의 앞에 닥친 갑작스러운 사고와 함께 떠오르는 기억.

'나는 죽었는데 살아 있어. 그건 전생? 도대체……'

전생부터 현생까지 이어지는 인연들.
그리고 옥선체화신공(玉仙體化神功)……

망나니처럼 살아온 이건우는 잊어라!
외모! 연기! 노래!
삼박자를 모두 갖춘 최고의 스타가 탄생한다!

FUSION FANTASTIC STORY   류승현 장편소설

리턴 마스터

2041년, 인류는 귀환자에 의해 멸망했다.

최후의 인류 저항군인 문주한.
그는 인류를 구하고 모든 것을 다시 되돌리기 위하여
회귀의 반지를 이용해 20년 전으로 돌아갔다. 하지만……

"어째서 다른 인간의 몸으로 돌아온 거지?"

그가 회귀한 곳은 20년 전의 자신도, 지구도 아니었다!

다른 이의 몸으로 판타지 차원에 떨어져 버린 문주한. 그는 과연 인류를 구원할 수 있을 것인가!

Book Publishing CHUNGEORAM

유행이 아닌 자유추구 -
WWW.chungeoram.com